Collection folio junior

dirigée par
Jean-Olivier Héron
et Pierre Marchand

Jean Webster est née le 24 Juillet 1876 à Fredonia, état de New York, dans un milieu favorable à la littérature puisque son père était éditeur et que son oncle maternel n'était autre que Mark Twain ! Les deux premiers ouvrages qu'elle publie : *Pathy and Priscilla* et *Just Patty* sont une peinture vivante de la vie des lycées et des universités. Suivront quatre romans. Mais c'est en 1912, avec *Papa-Longues-Jambes* qu'elle connaît le succès, succès dû aussi bien au livre, qu'au film et à la pièce de théâtre qui en furent tirés. La suite, *Dear Enemy,* fut publiée en 1915, année de son mariage. Elle devait mourir le 11 Juin 1916, peu après la naissance de sa fille.

La couverture de *Papa-Longues-Jambes* est illustrée par **Rozier-Gaudriault.** Ce n'est ni un nom d'emprunt, ni un nom composé. Ce sont deux noms qui appartiennent à des individus, un homme et une femme, qui vivent ensemble mais qui, surtout, travaillent et signent à deux mains. Un tandem artistique, une délicatesse de cœur et de dessin.
La pureté et la légèreté de leur œuvre renvoient à celles de leur atelier, où le blanc et le dépouillement triomphent. Chaque geste, chaque trait, chaque objet compte, et le superflu n'y a pas sa place.

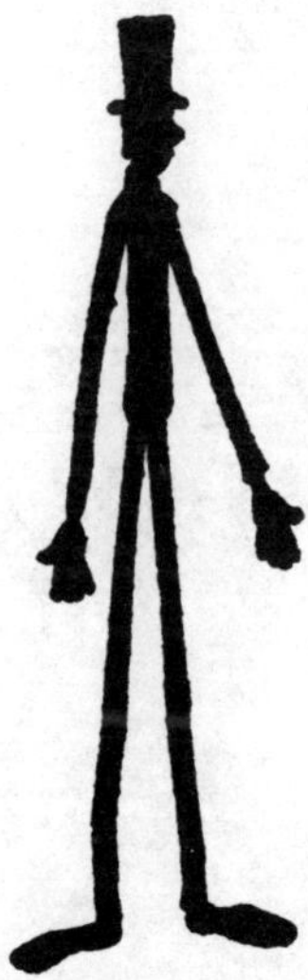

Titre original :
Daddy-Long-Legs

Jean Webster

Papa-Longues-Jambes

Traduit de l'américain
par Michelle Esclapez

Illustrations de Jean Webster

Gallimard

Pour toi

« Mercredi, jour maudit »

Le premier mercredi du mois était un jour parfaitement abominable qu'on attendait dans l'horreur, qu'on supportait avec courage et qu'on se hâtait d'oublier. Ce jour-là, les parquets devaient être impeccables, les chaises sans un grain de poussière, les lits sans un pli. Quatre-vingt-dix-sept petits orphelins, se tortillant comme des vers, devaient tour à tour être nettoyés, peignés et boutonnés dans leurs blouses de vichy fraîchement empesées ; quatre-vingt-dix-sept petits auxquels il fallait rappeler les bonnes manières ; en particulier que l'on devait dire « Oui, monsieur », « Non, monsieur », chaque fois qu'un membre bienfaiteur leur adressait la parole.

C'était une journée pénible, qui reposait entièrement sur les épaules de la pauvre Jerusha Abbott, l'aînée de l'orphelinat. Mais ce mercredi-là, comme tous ceux qui l'avaient précédé, arriva pourtant à son terme. Jerusha sortit en hâte de l'office où elle venait de terminer les sandwiches pour les hôtes de l'institution et monta à l'étage pour accomplir sa tâche quotidienne. La chambre F en particulier requérait tous ses soins. Là, onze petits bambins, de quatre à sept ans, occupaient une rangée de onze petits lits. Jerusha rassembla ses troupes, lissa les habits chiffonnés, moucha les nez, puis mit en rangs les chers petits et les fit avancer vers le réfectoire où ils allaient recevoir un goûter substantiel composé de pain, de lait et de pudding aux pruneaux.

Enfin elle se laissa tomber sur la banquette près de la fenêtre et appuya ses tempes brûlantes contre le carreau glacé. Debout depuis 5 heures du matin, elle n'avait cessé d'exécuter les ordres de chacun, réprimandée et houspillée tout au long de la journée par une directrice acariâtre. Quand elle ne jouait pas son rôle devant un public composé de membres du comité de bienfaisance et de dames en visite d'inspection, Mrs. Lippett oubliait volontiers l'air digne et solennel qu'elle affectait en pareille occasion. Au-delà des grilles de fer qui marquaient les limites de l'institution, le regard de Jerusha se porta vers la vaste plaine gelée et, plus loin, vers le sommet des collines ondulées, émaillées çà et là de grandes propriétés, en direction des flèches du village qui se dressaient, là-bas, au milieu des arbres dénudés.

La journée s'achevait – avec assez de succès, lui semblait-il. Les membres du comité d'inspection avaient fait leur tournée et lu leurs rapports, et après avoir bu leur tasse de thé, ils se dépêchaient maintenant de rentrer dans leurs foyers. Là, ils allaient retrouver leur coin favori près de la cheminée et ils oublieraient leurs pénibles responsabilités jusqu'au mois prochain. Jerusha se pencha en avant, regardant avec curiosité – et un brin de nostalgie – la longue file des voitures et des automobiles qui franchissait les portes de l'orphelinat. Elle suivit en imagination un équipage après l'autre, jusqu'aux belles demeures qu'on apercevait au flanc de la colline. Elle s'imaginait, portant un manteau de fourrure et un chapeau à plumes en velours, s'installer confortablement dans son siège et dire au cocher d'une voix nonchalante : « A la maison. » Mais passé le seuil de la porte, la vision s'évanouissait.

Jerusha avait de l'imagination – une imagination qui lui jouerait des tours si elle n'y prenait garde, lui avait dit Mrs. Lippett. Pourtant, aussi vive qu'elle fût, elle ne lui permettait pas d'aller au-delà du porche d'entrée des maisons dans lesquelles elle rêvait de pénétrer. Pauvre petite Jerusha, ardente et romanesque ! Malgré ses dix-sept ans, elle n'avait encore jamais franchi le seuil d'une maison ordinaire, et elle avait du mal à s'imaginer la vie de ces gens qui se contentaient *tout simplement* de vivre, sans avoir à s'occuper d'orphelins.

« Je-ru-sha Ab-bott
On te de-mande
Au bu-reau
Et je pense
Que tu ferais mieux
De te dépêcher ! »

Tommy Dillon, qui faisait partie de la chorale, arrivait en chantonnant à l'étage. Son chant parvenait à Jerusha depuis le corridor et devint de plus en plus distinct à mesure qu'il se rapprochait de la chambre F. Jerusha s'arracha à la fenêtre et reprit contact avec la sombre réalité.

– Qui me demande ? dit-elle d'une voix anxieuse, interrompant la chanson de Tommy.

« Mrs. Lippett au bureau
Et je crois bien qu'elle est
Zozo
Ah-a-men ! »

Mais son ton n'était pas tout à fait railleur. Même le petit orphelin le plus endurci n'aurait pu s'empêcher d'éprouver quelque sympathie pour la grande sœur prise en faute qu'une directrice mécontente faisait appeler au bureau. Or Tommy aimait bien Jerusha, même si celle-ci le bousculait parfois en le tirant par le bras ou lui arrachait presque le nez en le mouchant.

Jerusha sortit sans rien dire, le front barré par deux plis profonds. Qu'est-ce qui n'allait pas ? se demandait-elle. Est-ce que les sandwiches n'avaient pas été coupés assez fin ? ou bien avait-elle oublié des coquilles dans les gâteaux aux noix ? une des visiteuses avait-elle remarqué le trou dans la chaussette de Susie Hawthorn ou – comble de l'horreur ! – l'un de ses petits chérubins de la chambre F avait-il osé répondre « grossièrement » à l'un des membres bienfaiteurs ?

En bas, les lampes du hall n'étaient pas encore allumées et, comme elle descendait les marches, un dernier visiteur se tenait sur le seuil de la porte d'entrée, prêt à partir. Jerusha ne retint de lui qu'une impression fugitive, celle d'une silhouette démesurément longue. Le bras levé, l'homme faisait signe à une automobile stationnée au détour de l'allée. Tandis que la voiture démarrait et se rapprochait, l'éclair de ses phares projeta pour quelques secondes sur le mur du vestibule son ombre gigantesque. Grotesque, elle avait des bras et des jambes démesurés qui couraient sur le plancher et montaient à l'assaut du mur du corridor. Elle évoquait, à n'en pas douter, un de ces énormes faucheux, vacillant dans la lumière.

Malgré son anxiété, Jerusha ne put retenir un brusque éclat de rire. Elle était par nature une jeune fille joyeuse, prompte à saisir la moindre occasion de s'amuser et si l'on pouvait retirer quelque divertissement de la présence contraignante d'un « bienfaiteur », voilà qui n'en était que plus drôle ! Elle s'avança vers le bureau, l'esprit réchauffé par ce petit incident et présenta un visage souriant à Mrs. Lippett. A sa grande surprise, la directrice était également souriante – sinon souriante, du moins affable –, elle arborait un air presque aussi aimable que celui qu'elle accordait d'ordinaire à ses visiteurs de marque.

– Assieds-toi, Jerusha, j'ai quelque chose à te dire.

Jerusha se laissa tomber sur la chaise la plus proche et attendit en retenant son souffle. Une automobile passa en balayant la fenêtre de ses phares. Mrs. Lippett lui jeta un coup d'œil.

– As-tu remarqué le monsieur qui vient de partir ?

– Je ne l'ai vu que de dos.

– C'est un de nos plus riches bienfaiteurs et il a donné de grosses sommes d'argent pour l'entretien de l'institution. Je n'ai pas le droit de te dire son nom car il désire expressément rester anonyme.

Jerusha écarquilla légèrement les yeux : on ne l'avait pas habituée à être convoquée au bureau pour discuter avec la directrice des bizarreries des membres du comité de bienfaisance.

– Ce monsieur s'est intéressé à plusieurs de nos garçons. Te rappelles-tu Charles Benton et Henry Freize ? On les a envoyés tous deux à l'université grâce à Mr... hum !... grâce à ce membre bienfaiteur et tous deux ont travaillé avec assiduité pour rendre justice par leurs succès à la généreuse donation qui leur était faite. Ce monsieur ne souhaite pas d'autre paiement en retour. Jusqu'ici sa philanthropie ne s'est exprimée qu'envers les garçons ; je n'ai en effet jamais été capable de l'intéresser – si peu que ce fût – à l'une ou l'autre des filles de notre institution, aussi douée soit-elle. Il ne se soucie guère des filles, me semble-t-il.

– Non, madame, murmura Jerusha pensant qu'on attendait d'elle une réponse à ce moment de l'exposé.

– Aujourd'hui, à la réunion, il a été question de ton avenir.

Mrs. Lippett fit une pause, puis reprit d'un ton lent et placide qui eut soudain pour effet de mettre les nerfs de son auditrice à fleur de peau.

– D'ordinaire, tu le sais, nous ne gardons pas les enfants après seize ans, mais, dans ton cas, nous avons fait une exception. Tu as terminé l'école à quatorze ans et comme tu t'es montrée brillante dans tes études – moins brillante dans ta conduite, je dois l'avouer – nous avons décidé de t'envoyer au lycée du village. Or tes classes sont maintenant finies et, bien entendu, l'institution n'est plus responsable de ton entretien. En somme, nous t'avons gardé deux ans de plus que nous le devions.

Mrs. Lippett passait sous silence le fait que Jerusha avait durement travaillé ces deux années-là pour gagner sa pension ; que, ce faisant, on avait fait passer les avantages de l'institution avant son éducation ; enfin, que des jours comme celui-ci, Jerusha restait à l'orphelinat pour s'occuper du ménage.

– Comme je le disais, le problème de ton avenir a été soulevé et ton dossier examiné – examiné à fond.

Mrs. Lippett porta un regard accusateur sur la prisonnière qui se trouvait assise au banc des accusés et la prisonnière se sentit coupable parce que c'est ce qu'on attendait d'elle – et non parce qu'elle pouvait se rappeler, en aucune manière, les pages noires de son dossier auxquelles ce regard faisait allusion.

– Bien entendu, vu ta situation, on aurait pu croire que de telles dispositions allaient te permettre de commencer à gagner ta vie, mais tu sembles avoir réussi à l'école dans certaines matières. Il paraît même que ton travail de rédaction en anglais a été brillant. Miss Pritchard, qui fait partie du comité d'inspection, siège également au conseil d'administration de l'école. Elle a parlé avec ton professeur de rhétorique et a fait un discours en ta faveur. Elle a également lu à haute voix un essai que tu as intitulé : « Mercredi, jour maudit. »

Cette fois, l'expression coupable de Jerusha n'était pas feinte.

– Il me semble que tu as montré bien peu de reconnaissance en tournant en ridicule l'institution qui a tant fait pour toi et si tu n'avais pas réussi à être drôle, je ne crois pas qu'on aurait pu te pardonner aussi facilement. Mais heureusement pour toi, Mr.... – c'est-à-dire, ce monsieur qui vient juste de partir – est doté d'un sens immodéré de l'humour et, sur la foi de ce devoir impertinent, il a offert de t'envoyer à l'université.

– A l'université ?

Les yeux de Jerusha s'agrandirent.

Mrs. Lippett hocha la tête.

– Il est resté pour en discuter les termes avec moi. Ils sont inhabituels, je dois le dire, et l'homme est déconcertant. Il te croit douée d'originalité et il projette de faire de toi un écrivain.

– Un écrivain ?

L'esprit comme paralysé, Jerusha ne pouvait que répéter les paroles de Mrs. Lippett.

– Tel est son souhait, en effet. Ce qu'il en sortira, l'avenir le dira. Il te donne une pension très généreuse, trop généreuse même pour une fille qui n'a jamais eu aucune expérience de l'argent. Mais il a tout réglé dans le détail et je ne me suis pas sentie autorisée à faire la moindre remarque à ce sujet. Tu resteras donc encore ici tout l'été et Miss Pritchard s'est proposée très aimablement pour t'aider à préparer ton trousseau. Ta pension et tes études seront payées directement à l'université et tu recevras en outre, pendant tes quatre années d'étude, une allocation mensuelle de trente-cinq dollars. Ce legs te permettra de vivre sur le même pied que les autres étudiantes. L'argent te sera adressé une fois par mois, par l'intermédiaire de son secrétaire privé et, de ton côté, tu lui en accuseras réception par une lettre que tu lui écriras une fois par mois. Non qu'il attende des remerciements pour l'argent qu'il te fait parvenir, il n'y tient pas ; mais tu devras lui écrire pour l'informer du progrès de tes études et des détails de ta vie quotidienne. Le genre de lettre que tu pourrais écrire à tes parents s'ils étaient encore vivants.

Ces lettres seront adressées à Mr. John Smith et envoyées aux bons soins de son secrétaire. Le nom de ce monsieur n'est pas John Smith, mais il préfère rester anonyme. Pour toi, il ne sera jamais que John Smith. Son but, en exigeant ces lettres c'est que rien, selon lui, ne facilite autant l'expression littéraire que la forme épistolaire. Puisque tu n'as pas de famille avec qui correspondre, il souhaite que tu le fasses de cette manière ; ce sera également pour lui une façon de constater tes progrès. Il ne répondra jamais à tes lettres, ni ne fera la moindre remarque à leur sujet. Lui-même déteste écrire et il ne désire pas que tu deviennes une charge pour lui. Si jamais il arrivait qu'une réponse soit indispensable – comme dans l'éventualité d'un renvoi de l'université, ce qui ne saurait arriver, j'en suis persuadée – tu pourras en informer Mr. Griggs, son secrétaire. Ces lettres mensuelles sont absolument obligatoires ; c'est tout ce que Mr. Smith exige de toi, aussi devras-tu te montrer dans leur envoi aussi exacte que s'il s'agissait d'acquitter une facture. J'espère qu'elles seront toujours écrites sur un ton respectueux et qu'elles feront honneur à l'éducation que tu as reçue. Tu devras toujours te rappeler que tu t'adresses à un membre bienfaiteur du Foyer John Grier.

Les yeux de Jerusha cherchaient la porte. Les pensées se bousculaient dans sa tête et elle ne désirait qu'une chose : échapper au plus vite aux platitudes de Mrs. Lippett pour se retrouver seule et réfléchir à son aise. Elle se leva et esquissa un mouvement de retraite, mais un geste de Mrs. Lippett la retint ; c'était pour elle une occasion de déployer son talent oratoire qu'il ne lui fallait pas dédaigner.

– Je crois que tu sauras te montrer reconnaissante de la grande faveur qui t'est faite ! Peu de filles dans ta situation ont eu la chance de s'élever dans le monde. Tu ne dois jamais oublier...

– Je.... oui, madame, merci beaucoup. Je pense, si c'est bien tout, que je dois m'en aller. Il faut que je couse une pièce au pantalon de Freddie Perkins.

La porte se referma derrière elle, laissant Mrs. Lippett bouche bée, comme suspendue au beau milieu de sa péroraison.

Lettres de Miss Jerusha Abbott à Mr. Papa-Longues-Jambes

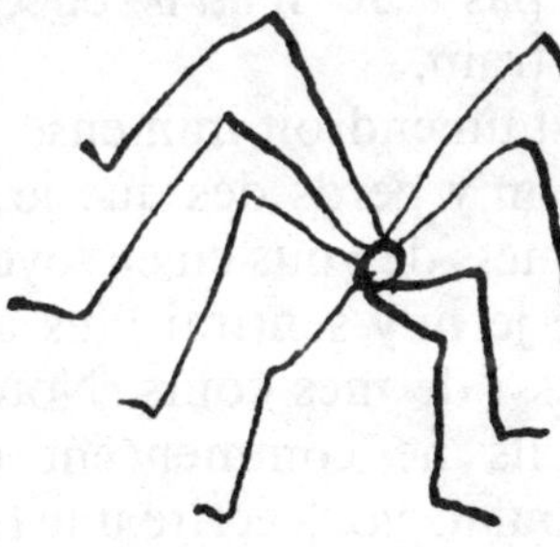

215 Pavillon Fergussen
24 septembre

Cher Gentil-Bienfaiteur-Qui-Envoyez-les Orphelins-à-l'Université,

Me voilà arrivée ! J'ai bien passé hier quatre heures en chemin de fer. C'est une drôle de sensation, n'est-ce pas ? Je n'étais encore jamais montée dans un train.

L'université est un endroit immense, tout à fait incroyable, et je m'y perds dès que je quitte ma chambre. Je promets de vous en envoyer une description dès que je m'y sentirai plus à l'aise ; je vous parlerai aussi de mes cours. Nous sommes samedi soir et ils ne commencent que lundi matin, mais je voulais vous écrire une lettre, juste pour faire connaissance.

Cela semble étrange d'écrire des lettres à quelqu'un que l'on ne connaît pas. Le fait même d'écrire une lettre est déjà étrange en ce qui me concerne. Je n'en ai guère écrit plus de trois ou quatre dans ma vie, aussi je vous prierai de ne pas considérer celle-ci comme un modèle du genre.

Hier matin, avant mon départ, Mrs. Lippett et moi avons eu une « grande » conversation. Elle m'a dit comment il fallait que je me comporte pour le reste de ma vie, et plus spécialement comment je devais me comporter vis-à-vis du monsieur qui est si gentil à mon égard. Je dois avant tout me montrer Très Respectueuse.

Mais comment quelqu'un peut-il être très respectueux envers une personne qui se fait appeler John Smith ? Pourquoi ne pas avoir choisi un nom qui ait un peu plus de personnalité ? Je pourrais tout aussi bien commencer mes lettres de cette façon : Chère Poste Restante ou Cher Porte-manteau.

J'ai beaucoup pensé à vous cet été ; le fait que quelqu'un s'intéresse à moi, après toutes ces années, me donne l'impression d'avoir trouvé une sorte de famille. Il me semble à présent que j'appartiens à quelqu'un et cela me donne un grand sentiment de sécurité. Pourtant je dois avouer que lorsque je pense à vous, mon imagination n'a pas beaucoup de repères sur lesquels s'appuyer. Ils sont au nombre de trois :

I. Vous êtes grand.
II. Vous êtes riche.
III. Vous détestez les filles.

Supposons que je vous appelle : Cher Monsieur-Qui-Détestez-Les-Filles. Mais cela serait une insulte à mon égard. Ou bien : Cher Monsieur-L'Homme Riche. Mais cela serait une insulte à « votre » égard, comme si l'argent était la chose qui compte le plus pour vous. En outre, la richesse est une qualité bien superficielle. Il n'est pas certain que vous resterez riche toute votre vie ; il y a des tas d'hommes d'affaires très brillants qui ont fait faillite à la Bourse. Du moins êtes-vous assuré de rester « grand » toute votre vie ! Aussi ai-je décidé de vous appeler : Cher Papa-Longues-Jambes. J'espère que vous n'y verrez pas d'inconvénient. C'est juste un petit nom d'amitié et nous n'en dirons rien à Mrs. Lippett.

La cloche de 10 heures va sonner dans deux minutes. Notre journée est découpée en tranches par la cloche. Nous mangeons, nous dormons, nous étudions au rythme de la cloche. Cela fait une atmosphère très animée ; je me sens tout le temps comme un pompier sur le qui-vive. Justement, la voilà ! Extinction des feux. Bonne nuit.

Remarquez avec quelle précision j'obéis au règlement – une habitude contractée au Foyer John Grier.

Votre très respectueuse,

Jerusha Abbott

A Mr. Papa-Longues-Jambes Smith

1er octobre

Cher Papa-Longues-Jambes,

J'adore l'université et je vous adore pour m'y avoir envoyée. Je suis très, *très* heureuse, et je me sens si pleine d'entrain dans la journée que, la nuit, je peux à peine dormir. Vous ne pouvez pas savoir à quel point cet endroit me change du Foyer John Grier. Je n'aurais jamais imaginé qu'il pût exister au monde un lieu comme celui-ci. Je plains toute personne qui, n'étant pas une fille, ne peut venir étudier ici et je suis certaine que votre propre université ne pouvait être aussi bien que celle-ci.

Ma chambre est perchée au sommet d'une tour qui servait autrefois de salle de quarantaine, au temps où la nouvelle infirmerie n'existait pas encore. Trois autres jeunes filles habitent à ce même étage : une ancienne [1] à lunettes qui n'arrête pas de dire : « S'il vous plaît, pouvez-vous faire moins de bruit ? » et deux nouvelles, Sallie McBride et Julia Rutledge Pendleton. Sallie est rousse, avec un nez retroussé et l'air sympatique ; Julia vient d'une des plus grandes familles de New York et n'a pas encore remarqué ma présence. Elles partagent la même chambre tandis que l'ancienne et moi avons des chambres séparées. Celles-ci sont assez rares et, d'habitude, on

1. Dans les universités américaines, « senior » désigne les étudiantes de dernière année. Nous avons traduit par « ancienne », par opposition à « nouvelle » qui désigne les étudiantes de 1re année. « Sophomore » désigne les étudiantes de seconde année, « junior » les étudiantes de troisième année.

ne les donne pas aux nouvelles ; pourtant, j'en ai obtenu une sans même en faire la demande. Je suppose que le secrétaire de l'université a pensé qu'il ne serait pas convenable de placer côte à côte une jeune fille de bonne famille et une pauvre orpheline. Ma situation a des avantages, comme vous voyez !

Ma chambre est située à l'angle nord-ouest du bâtiment et possède deux fenêtres avec une belle vue. Quand on a passé dix-huit ans de sa vie dans un dortoir de vingt lits, on trouve la solitude plutôt reposante. C'est la première chance qui m'est donnée de faire plus ample connaissance avec Jerusha Abbott et je crois bien que je vais l'aimer.

Et vous, l'aimez-vous ?

Mardi

On est en train d'organiser l'équipe de basket des nouvelles et il y a une petite chance pour que j'en fasse partie. Je ne suis pas très grande, c'est vrai, mais terriblement rapide, nerveuse et résistante. Pendant que les autres sautent en l'air, je me faufile entre leurs jambes et j'attrape le ballon. C'est follement amusant de s'entraîner en plein air, sur un terrain de sport, un après-midi d'automne, quand les arbres sont complètement rouge et jaune, et que l'air est rempli de l'odeur âcre des feuilles brûlées, au milieu des cris et des rires de ses camarades. Ce sont les filles les plus heureuses que j'ai jamais vues et je suis bien la plus heureuse de toutes !

Je voulais vous écrire une longue lettre pour vous parler de toutes les matières qu'on nous enseigne (Mrs. Lippett dit que vous aimeriez le savoir) mais 7 heures viennent de sonner et je suis attendue dans dix minutes sur le terrain de sport, en tenue de gymnastique Ne souhaitez-vous pas que je fasse partie de la nouvelle équipe ?

Fidèlement vôtre,

Jerusha Abbott

P.-S. (9 heures)

Sallie McBride vient juste de passer sa tête par la porte entrouverte pour déclarer :

– J'ai un drôle de cafard, ce soir. Et toi, comment te sens-tu ?

J'ai souri un peu en lui disant que ça n'allait pas trop mal. Le cafard ! Voilà une maladie que je ne risque pas d'attraper ici. Avoir la nostalgie de chez soi, cela se comprend, mais a-t-on jamais vu quelqu'un avoir la nostalgie de l'orphelinat !

10 octobre

Cher Papa-Longues-Jambes,

Avez-vous vous jamais entendu parler de Michel-Ange ?

C'était un grand artiste qui vécut en Italie à la Renaissance. Au cours de littérature anglaise, tout le monde le connaissait et toute la classe a éclaté de rire parce que j'ai cru que c'était un archange. Et pourtant ! ne trouvez-vous pas que son nom sonne clair comme celui d'un archange ? L'ennui, à l'université, c'est que l'on s'attend à ce que vous connaissiez un tas de choses que vous n'avez jamais apprises. Ce qui est parfois très embarrassant. A présent, quand les filles parlent de sujets qui me sont inconnus, je me contente de rester silencieuse et je les cherche ensuite dans l'encyclopédie.

Le premier jour, j'ai commis une gaffe énorme. Quelqu'un mentionnait Maurice Maeterlink et j'ai demandé si c'était un étudiant de première année. La plaisanterie a fait le tour de l'université. Mais cela m'est égal. Dans les cours, je me trouve aussi douée que les autres – et même parfois, plus douée que certaines !

Avez-vous envie de savoir comment j'ai arrangé ma chambre ? C'est une symphonie de jaune et brun. Comme les murs étaient couleur chamois, j'ai acheté des rideaux de grosse toile jaune, et aussi des coussins, un bureau en acajou (d'occasion pour trois dollars), une chaise en rotin et un tapis marron foncé avec une tache d'encre au milieu. J'ai posé la chaise dessus, pour cacher la tache.

Les fenêtres sont si hautes que, lorsqu'on est assis, on ne peut pas voir au-dehors. J'ai donc dévissé le miroir de la commode, j'en ai rembourré le haut et j'ai appuyé le meuble contre la fenêtre. Cela fait maintenant un siège confortable, juste à la bonne hauteur. Vous n'avez plus qu'à ouvrir les tiroirs et à les grimper comme des escaliers. Vraiment très pratique !

Sallie McBride m'a aidée à choisir ces objets à la vente aux enchères des étudiantes de dernière année. Elle a passé toute sa vie dans une vraie maison et elle s'y connaît en mobilier. Vous ne pouvez pas imaginer combien c'était amusant pour quelqu'un qui n'a jamais eu un sou en poche, de faire ces achats, de payer avec un vrai billet de cinq dollars et de ramasser la monnaie. Croyez bien, cher Papa, que j'apprécie une telle libéralité !

Sallie est la personne la plus divertissante qui soit au monde et Julia Rutledge Pendleton, la plus ennuyeuse. C'est étrange de voir à quel point le secrétaire de l'université a pu se tromper en réunissant deux caractères aussi dissemblables. Sallie pense que tout est drôle dans la vie – y compris le fait d'échouer à un examen – tandis que Julia fait la fine bouche sur tout. Elle ne fait jamais le moindre effort pour se montrer aimable et s'imagine que le seul fait d'être une Pendleton lui donne droit d'entrée au paradis sans autres formalités.

Et maintenant, je suppose que vous êtes impatient de savoir ce que j'étudie ?

I. *Latin :* Seconde guerre punique. Hannibal et son armée ont dressé leur camp sur les bords du lac Trasimène, la nuit dernière, en vue de prendre les Romains dans une embuscade au petit jour. La bataille a éclaté à 4 heures du matin. Les Romains ont battu en retraite.

II. *Français :* 24 pages des *Trois Mousquetaires* et la troisième conjugaison des verbes irréguliers.

III. *Géométrie :* On a terminé les cylindres ; on commence les cônes.

IV. *Anglais :* On étudie l'introduction. Mon style gagne chaque jour en clarté et en concision.

V. *Sciences naturelles :* On arrive au système digestif. La prochaine fois, étude de la bile et du pancréas.

Respectueusement vôtre sur le chemin du savoir,

Jerusha Abbott

P.-S. J'espère que vous ne touchez jamais à l'alcool, Papa ?

Il cause des ravages dans le foie.

Mercredi

Cher Papa-Longues-Jambes,

J'ai changé de nom.

Je suis toujours « Jerusha » sur la liste d'appel, mais partout ailleurs je suis « Judy ». N'est-ce pas un peu triste d'avoir été obligée de se choisir soi-même un petit nom d'amitié ? Pas tout à fait cependant car c'est ainsi que m'appelait déjà

Freddie Perkins quand il a commencé à parler.

J'aurais voulu que Mrs. Lippett se montre plus originale dans le choix des noms qu'elle donne aux orphelins. Elle prend généralement le nom de famille dans l'annuaire du téléphone – vous trouverez Abbott dans les premières pages – et le nom de baptême un peu n'importe où. Elle a relevé celui de « Jerusha » sur une pierre tombale. J'ai toujours détesté Jerusha ; mais j'aime bien « Judy ». C'est un prénom si « fleur bleue » ! Il évoque tout à fait le genre de fille que je ne suis pas : une tendre petite chose aux yeux doux, couvée et adulée par toute la maisonnée, qui va droit son chemin dans la vie, sans aucun souci. Ne serait-ce pas drôle d'être ainsi ? Quelque défaut que je puisse avoir, on ne peut m'accuser d'être une enfant gâtée, mais cela m'amuse beaucoup de faire semblant. S'il vous plaît, à l'avenir, appelez-moi Judy.

Puis-je vous faire une confidence ? Je possède trois paires de gants en chevreau. J'avais déjà trouvé une paire de moufles au pied de l'arbre de Noël, mais pas encore de vrais gants avec les cinq doigts. Je les sors et les essaie toutes les deux minutes. J'ai peine à résister à les porter pendant les cours.

(La cloche du dîner. A bientôt.)

Vendredi

Que dites-vous de ça, Papa ? Le professeur d'anglais a prétendu que ma dernière copie montrait une dose inhabituelle d'originalité. Ce sont ses propres mots, je vous assure. Pourtant, cela ne semble guère possible, vu l'éducation que j'ai reçue pendant les dix-huit premières années de ma vie. Car vous le savez sans doute pour l'avoir grandement encouragé, l'idéal du Foyer John Grier a toujours été de transformer ses quatre-vingt-dix-sept orphelins en quatre-vingt-dix-sept jumeaux.

Le seul talent artistique que je me connaisse s'est développé à un âge précoce, lorsque je traçais à la craie des portraits de Mrs. Lippett sur la porte de la remise à bois.

J'espère ne pas heurter vos sentiments en critiquant le foyer de ma jeunesse. Mais si je deviens trop impertinente, vous avez toujours le droit de me couper les vivres. C'est là une remarque peu polie, mais vous ne pouvez en attendre davantage d'une enfant trouvée ; après tout, un orphelinat n'est pas une école pour jeunes filles du grand monde.

Vous savez, Papa, ce ne sont pas les cours qui m'effraient à l'université ; ce sont les moments de détente. La plupart du temps, quand les filles bavardent, je ne sais pas de quoi elles parlent ; leurs plaisanteries se rapportent à un passé que je n'ai pas partagé et dont je me sens exclue. Je suis une étrangère dans un monde dont je ne connais pas la langue. C'est un sentiment pitoyable que j'ai eu toute ma vie. A l'école secondaire, les filles formaient de petits groupes et se contentaient de m'observer de loin. J'étais bizarre, différente et chacune s'en rendait compte. Je pouvais littéralement *sentir* les mots « Foyer John Grier » inscrits sur mon visage. Alors quelques-unes, plus charitables, s'obligeaient à venir vers moi et me parlaient par politesse. *Je les détestais toutes* et celles qui s'étaient montrées charitables, encore plus que les autres.

Ici, personne ne sait que j'ai été élevée à l'orphelinat. J'ai raconté à Sallie McBride que mon père et ma mère étaient morts et qu'un vieux monsieur respectable m'envoyait à l'université – ce qui est l'exacte vérité pour le moment. Ne pensez pas que je sois lâche, mais je voudrais tant être comme les autres ! L'ombre de cet Horrible Foyer qui plane sur mon enfance est la seule différence qui nous sépare vraiment. Si je réussis à lui tourner le dos et à l'écarter de ma mémoire, je pense que je pourrais être aussi séduisante qu'une autre. Car, cela mis à part, il n'existe pas, j'en suis convaincue, de réelle, de profonde différence entre nous, n'est-il pas vrai ?

En tout cas, Sallie McBride m'aime bien !

Votre toujours dévouée,

Judy Abbott
(Née Jerusha)

Samedi matin

Je viens juste de relire cette lettre et je ne la trouve pas très gaie. Il faut vous dire que j'ai un exposé à préparer pour lundi matin, une révision de géométrie et un rhume particulièrement tenace !

Dimanche

J'ai oublié de poster ce courrier hier, aussi je me permets d'y ajouter un post-scriptum indigné. Nous avons eu un prêche, ce matin, à l'office religieux et *savez-vous ce que l'évêque a osé dire ?*

– L'avis le plus salutaire que nous trouvons dans la Bible est celui-ci : « Ayez toujours un pauvre à vos côtés. » Ils ont été mis là afin de vous garder charitables.

Les pauvres, vous le voyez, ne sont selon lui qu'une sorte d'animal domestique utile. Si l'éducation n'avait pas fait de moi une demoiselle accomplie, je me serais levée après l'office pour aller lui dire le fond de ma pensée.

25 octobre

Cher Papa-Longues-Jambes,

Je fais maintenant partie de l'équipe de basket et vous devriez voir le coup que j'ai reçu à l'épaule gauche : une marque du plus beau bleu virant à l'acajou, zébrée d'orange. Julia Pendleton a tenté sa chance pour rentrer dans l'équipe, mais elle a échoué. Hourra !

Voyez comme je suis mesquine !

L'université me plaît de plus en plus. J'aime les filles, les professeurs, les cours, le parc et la nourriture. On nous sert des glaces deux fois par semaine et jamais de bouillie de maïs.

Vous n'attendiez de moi qu'un courrier par mois, n'est-ce pas ? Et je n'ai pas cessé de vous bombarder de lettres tous les trois jours !

Mais je suis si excitée par toutes ces aventures nouvelles qu'il *faut* absolument que je les raconte à quelqu'un et vous êtes la seule personne que je connaisse. S'il vous plaît, pardonnez mon exubérance ; elle se calmera sous peu. Si mes lettres vous ennuient, vous pouvez toujours les jeter dans la corbeille à papier. Je vous promets de ne plus vous en écrire d'autres avant la mi-novembre.

Loquacement vôtre,

Judy Abbott

15 novembre

Cher Papa-Longues-Jambes,

Voici ce que j'ai appris aujourd'hui :

La superficie de la surface convexe du tronc d'une pyramide régulière est égale à la moitié du produit de la somme de son périmètre de base par la hauteur de son apothème.

Cela semble peu vraisemblable et pourtant, cela est, je peux le prouver !

Je ne vous ai encore jamais parlé de ma garde-robe, Papa ? J'ai six robes neuves, toutes magnifiques et achetées spécialement pour moi – et non pas héritées d'une camarade plus âgée. Peut-être ne savez-vous pas quelle étape importante cela peut marquer dans la carrière d'une orpheline ? C'est vous qui me les avez offertes et je vous en suis très, très, *très* reconnaissante. L'instruction est un bien précieux mais qui ne vaut pas l'expérience étourdissante de posséder six robes neuves. Miss Pritchard, une des dames du comité d'inspection, les a choisies elle-même – et non Mrs. Lippett, grâce au ciel. J'ai une robe du soir en organdi rose sur fond de soie qui me va à ravir, une robe du dimanche, bleue, une robe de dîner en voile rouge avec une bordure orientale qui me fait ressembler à une bohémienne, une autre en percale à fleurs roses, un tailleur gris pour sortir et une robe plus simple pour les cours. Voilà qui ne serait pas une garde-robe bien extraordinaire pour Julia Rutledge Pendleton, mais pour Jerusha Abbott, c'est tout simplement magique !

Je suppose que vous vous dites maintenant : n'est-ce pas du gâchis de vouloir éduquer une petite fille si frivole et si superficielle ? Mais Papa, si vous aviez dû porter du vichy à carreaux pendant toute votre vie, vous apprécieriez un tel changement. J'ai même connu une période encore plus pénible à l'école secondaire.

L'époque de la malle des pauvres.

Vous ne pouvez pas savoir à quelle torture j'étais soumise lorsque je devais paraître en classe, vêtue d'une des robes de cette malheureuse malle. J'étais tout à fait sûre de me trouver assise à côté de la fille qui en avait été propriétaire, et alors elle se mettait à chuchoter et à le faire remarquer aux autres élèves en me montrant du doigt. Ah ! l'amertume de porter la défroque de votre ennemie est un sentiment qui vous ronge le cœur et je ne crois pas pouvoir jamais en effacer la blessure, même en portant des bas de soie pour le restant de mes jours.

DERNIER BULLETIN DE GUERRE !

Reportage sur les lieux de l'action

A la quatrième heure, le jeudi 13 novembre, Hannibal a mis en déroute l'avant-garde romaine et a fait franchir les montagnes aux troupes carthaginoises pour les faire camper dans les plaines de Casilinum. Une cohorte légère de Numides a attaqué l'infanterie de Quintus Fabius Maximus. Deux batailles et une brève échauffourée. Les Romains se retirent avec de lourdes pertes.

J'ai bien l'honneur d'être

Votre envoyé spécial sur le front

J. Abbott

P.-S. Je sais que je ne dois pas attendre de réponse à mes lettres ni vous importuner par mes questions, mais, pour une fois, Papa, répondez-moi : êtes-vous terriblement vieux ou moyennement vieux ? Êtes-vous tout à fait chauve, ou légèrement chauve ? C'est vraiment très difficile de penser à vous dans l'abstrait comme à un théorème de géométrie.

Soit un homme grand, riche, qui déteste les filles en général, mais se montre très généreux envers une jeune fille assez impertinente. A quoi ressemble-t-il ?

RSVP.

19 décembre

Cher Papa-Longues-Jambes,

Vous avez laissé ma question sans réponse. Pourtant c'était de la plus haute importance.

ÊTES-VOUS CHAUVE ?

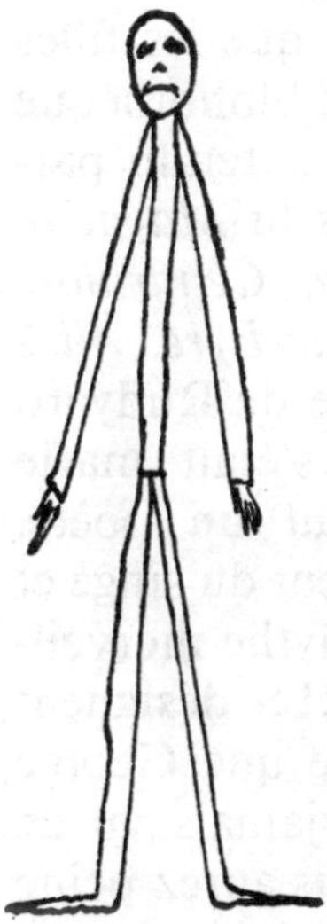

J'ai réussi à vous dessiner assez précisément mais quand j'arrive au sommet du crâne, alors j'hésite, *je ne sais plus.* Je ne peux pas décider si je dois vous faire les cheveux blancs, bruns ou grisonnants, si je dois en dessiner seulement quelques-uns ou pas du tout. Voici votre portrait, mais le problème reste entier : dois-je ou non y ajouter quelques cheveux ?

Voulez-vous savoir de quelle couleur sont vos yeux ? Ils sont gris et vos sourcils dépassent comme des auvents (des sourcils en broussaille, comme on dit dans les romans). Votre bouche est une simple ligne droite avec une tendance à retomber dans les coins. Vous voyez, j'ai deviné ! Vous êtes un vieux bonhomme grincheux avec du caractère.

(La cloche de la chapelle.)

9 h 45 du soir

J'ai adopté une nouvelle règle de conduite : ne jamais, jamais étudier la nuit, quel que soit le nombre d'interrogations écrites prévues pour le lendemain. A la place, je lis, je lis, je lis des livres, tout simplement. Cela est nécessaire, vous savez, pour combler le vide laissé derrière moi par dix-huit années d'une absence quasi totale d'instruction. Vous seriez étonné, Papa, de constater l'abîme d'ignorance dans lequel je me trouve. Je commence tout juste moi-même à en mesurer la profondeur. Il y a des tas de livres que les filles qui ont une famille, des amis et une bibliothèque connaissent, et dont je n'ai jamais entendu parler. Ainsi, je n'avais encore jamais lu *Ma mère l'Oye, David Copperfield, Ivanhoe, Cendrillon, Barbe-Bleue, Robinson Crusoé, Jane Eyre, Alice au pays des merveilles,* ni une ligne de Rudyard Kipling. J'ignorais qu'Henri VIII s'était marié plusieurs fois et que Shelley était un poète. J'ignorais que les hommes descendent du singe et que le Jardin d'Éden n'est qu'un mythe merveilleux. J'ignorais que les initiales RLS désignent Robert Louis Stevenson ou encore que George Eliot était une femme. Je n'avais jamais vu de reproduction de *La Joconde* et (vous aurez peine à le croire) je n'avais jamais entendu parler de Sherlock Holmes.

A présent, je sais tout cela et beaucoup d'autres choses, mais vous pouvez voir le retard que j'ai encore à rattraper. De plus, lire est vraiment amusant ! J'attends maintenant le soir avec impatience. Je place un panneau sur ma porte « ne pas déranger », j'enfile mon joli peignoir rouge et mes pantoufles fourrées, je me cale confortablement contre les coussins empilés dans mon dos et, à la lumière de la lampe de cuivre placée à mon chevet, je lis, je lis, je lis. Un livre ne me suffit pas. J'en lis quatre à la fois. Ainsi, en ce moment, il y a près de moi les poèmes de Tennyson, *La Foire aux vanités,* les *Simples Contes des collines* de Kipling, et – ne souriez pas – *Les Quatre Filles du docteur March.* Je me suis rendu compte que j'étais la seule à l'université à ne pas avoir grandi avec ce livre. Mais je n'en ai dit mot à personne (on dirait sans doute que je suis « bizarre »). Je suis tout simplement allée l'acheter en prenant 1 dollar 12 sur ma pension du mois dernier ; la prochaine fois que quelqu'un fera allusion aux citrons macérés dans du vinaigre, je saurai de quoi il s'agit !

(La cloche de 10 heures. Encore une interruption !)

Samedi

Monsieur,

J'ai l'honneur de vous informer que nous avons procédé à de nouvelles explorations dans le champ de la géométrie. Vendredi dernier, nous avons abandonné nos premiers travaux sur les parallélépipèdes pour poursuivre avec les prismes tronqués. Le chemin est long et escarpé.

Dimanche

Les vacances de Noël commencent la semaine prochaine, et on a sorti les malles. Les corridors sont si encombrés que l'on peut à peine passer et dans l'excitation générale, on ne pense plus aux études. Je projette de merveilleuses vacances en compagnie d'une nouvelle qui vient du Texas. Toutes deux restons à l'université et avons l'intention de faire de longues promenades. Si le temps le permet, nous apprendrons à patiner. Et puis, nous avons toute la bibliothèque à notre disposition, et à peine trois semaines pour l'épuiser !

Au revoir, Papa, j'espère que vous êtes aussi heureux que moi.

Votre toujours dévouée,

Judy

P.-S. N'oubliez pas de répondre à ma question. Si vous ne voulez pas prendre la peine d'écrire, dites à votre secrétaire d'envoyer un simple télégramme, ainsi libellé :

Mr. Smith est légèrement chauve
ou bien
Mr. Smith n'est pas chauve du tout
ou encore
Mr. Smith a les cheveux blancs

Et vous pourrez retenir les frais d'envoi sur ma pension mensuelle. Au revoir jusqu'à l'année prochaine et Joyeux Noël !

Vers la fin des vacances de Noël
Date non précisée

Cher Papa-Longues-Jambes,

Est-ce qu'il neige, là où vous êtes ? Du haut de ma tour, le monde entier m'apparaît enveloppé d'un manteau blanc. Les flocons de neige sont aussi gros que des pop-corns. C'est la fin de l'après-midi et le soleil (d'un jaune pâle et froid) va bientôt disparaître derrière les collines (d'un violet encore plus pâle). Je vous écris perchée devant ma fenêtre, aux dernières lueurs du crépuscule.

Quelle merveilleuse surprise que vos cinq pièces d'or ! Je n'ai pas l'habitude de recevoir des cadeaux de Noël et j'ai déjà tant reçu de vous – tout ce que je possède, en fait – que je ne sais pas si je mérite ce supplément. Mais ces scrupules ne m'ont pas empêchée de les apprécier pleinement. Voulez-vous savoir l'usage que j'en ai fait ? J'ai acheté :

I. Une montre en argent dans un boîtier en cuir, à porter au poignet et qui me permettra d'être à l'heure à mes cours.

II. Les poèmes de Matthew Arnold.

III. Une bouillotte.

IV. Une couverture de voyage. (Il fait froid dans ma tour.)

V. Cinq cents feuilles de papier à écrire jaune. (J'ai l'intention de devenir écrivain dans un proche avenir.)

VI. Un dictionnaire de synonymes. (Pour enrichir le vocabulaire de l'écrivain.)

VII. (Je ne tiens pas précisément à mentionner ce dernier achat, mais tant pis.) Une paire de bas de soie.

Et maintenant, Papa, vous ne direz plus que je vous cache quelque chose !

C'est une raison assez mesquine qui m'a poussée à acheter ces bas de soie, je dois l'avouer. Julia Pendleton vient chaque soir dans ma chambre pour faire de la géométrie. Elle s'assied sur mon lit, jambes croisées, et montre ses bas de soie. Dès qu'elle rentrera de vacances, j'irai à mon tour lui rendre visite et je m'assiérai sur son divan avec *mes* bas de soie. Vous voyez, Papa, quelle petite fille impossible je suis, mais du moins, je suis sincère et – vous le saviez sans doute déjà par le rapport du Foyer – je ne suis pas parfaite !

Pour nous résumer (c'est ainsi que notre assistant d'anglais commence chacune de ses phrases), je vous suis *très* reconnaissante pour mes sept présents. Je me suis imaginée qu'ils étaient arrivés, tous ensemble, dans une boîte envoyée de Californie par ma famille. La montre vient de mon père, la couverture de voyage de ma mère, la bouillotte de ma grand-mère – elle a toujours peur que j'attrape froid dans ce climat – et le bloc de papier jaune de mon petit frère Harry. Ma sœur Isabelle m'a offert les bas de soie et Tante Suzanne, les poèmes de Matthew Arnold ; Oncle Harry (c'est son nom qu'on a donné au petit frère) m'a envoyé le dictionnaire. Il pensait plutôt à des chocolats, mais j'ai insisté pour les synonymes.

J'espère que vous ne voyez pas d'inconvénient à jouer le rôle de toute une famille ?

Et maintenant, puis-je vous raconter mes vacances ou bien êtes-vous seulement intéressé à mon éducation en tant que telle ? J'espère que vous appréciez l'emploi subtil de « en tant que telle ». C'est la plus récente acquisition de mon vocabulaire.

La fille qui vient du Texas s'appelle Leonora Fenton. (Un nom presque aussi drôle que Jerusha, n'est-ce pas ?) Je l'aime bien, mais pas autant que Sallie McBride. En fait, je n'aimerai jamais personne autant que Sallie – vous excepté. C'est vous que je devrais toujours aimer le plus, puisque vous représentez à vous seul toute ma famille. Leonora et moi, ainsi que deux sophomores, nous avons profité de chaque jour de beau temps pour explorer la région et ses environs. En jupes courtes, et vestes tricotées, coiffées de casquettes et armées de crosses de hockey pour nous frayer un chemin, nous avons fait des kilomètres. Une fois, nous avons même marché jusqu'à la ville, située à quatre miles d'ici, et nous avons fait halte dans un restaurant où les filles de l'université vont quelquefois dîner. Homard grillé (trente-cinq cents) et crêpes de sarrasin au sirop d'érable pour dessert (quinze cents). Nourrissant et pas cher.

Quelle partie de fou rire ! Surtout pour moi pour qui tout cela est si nouveau. Je me sens comme un forçat évadé chaque fois que je quitte les limites du parc. Sans réfléchir, je me suis mise à exprimer mes sentiments à haute voix, mais je me suis arrêtée à temps. C'est vraiment difficile pour moi de ne pas me laisser aller aux confidences. Je suis d'une nature très sociable et si je ne pouvais pas tout vous raconter, je crois bien que j'éclaterais.

Vendredi soir, la directrice du Pavillon Fergussen a organisé un concours de bonbons à la mélasse pour réunir toutes les étudiantes qui sont restées à l'université pendant les vacances. Nous étions vingt-deux à nous toutes, nouvelles, sophomores, juniors et seniors, toutes rassemblées dans une atmosphère de joyeuse amitié. La cuisine est immense, remplie de pots en cuivre et de bouilloires bien alignées sur un rebord de pierre, ou la moindre casserole a à peu près la taille d'une lessiveuse. Quatre cents filles vivent généralement au Pavillon Fergussen. Le chef cuisinier, en tablier et toque blancs, a sorti vingt-deux autres tabliers et toques – toutes pareilles, je n'arrive pas à comprendre où il les a dénichées – et nous a toutes transformées en marmitons.

Nous nous sommes bien amusées – quoique j'aie goûté meilleurs bonbons à la mélasse. Quand tout fut fini et que nous-mêmes – y compris la cuisine et jusqu'aux boutons de porte – fûmes poisseuses de la tête aux pieds, nous avons organisé une procession et, en toque et tablier blancs, chacune armée d'une énorme fourchette, louche ou poêle à frire, nous avons défilé dans les couloirs déserts jusqu'au parloir des membres du bureau de l'université. Là, se trouvaient réunis une demi-douzaine de professeurs et d'assistants qui conversaient paisiblement. Nous leur avons offert la sérénade avec des chansons d'étudiants et quelques rafraîchissements.

Ils ont accepté poliment mais sans grand enthousiasme. Nous les avons enfin laissés, la bouche pleine de gros morceaux de mélasse, tout gluants et incapables d'articuler une parole.

Vous le voyez, Papa, mon éducation progresse !

Ne pensez-vous pas que je devrais être une artiste plutôt qu'un écrivain ?

Les vacances finissent dans deux jours et je suis heureuse de revoir bientôt mes camarades. Je me sentais un brin esseulée dans ma tour. Quand neuf personnes occupent un bâtiment construit pour en abriter quatre cents, elles errent comme des âmes en peine.

Onze pages – pauvre Papa, comme vous devez être fatigué ! Je voulais juste vous écrire un petit mot de remerciement mais, une fois lancé, mon stylo semble ne plus vouloir s'arrêter.

A bientôt, et merci encore d'avoir pensé à moi. Je serais parfaitement heureuse si ce n'est ce petit nuage menaçant à l'horizon : les examens sont en février.

Avec toute mon affection,

Judy

P.-S. Il n'est peut-être pas convenable de vous envoyer mon affection ? Si tel est le cas, je vous en prie, pardonnez-moi. Mais il me faut bien l'envoyer à quelqu'un et je n'ai le choix qu'entre vous et Mrs. Lippett. Aussi, vous *devrez* vous y faire, mon cher Papa, car je ne peux pas l'aimer, elle !

A la veille du jour J

Cher Papa-Longues-Jambes,

Si vous pouviez sentir l'atmosphère studieuse qui règne ici ! Les vacances ne sont plus qu'un lointain souvenir. J'ai ingurgité dans les quatre derniers jours cinquante-sept verbes irréguliers et j'espère seulement pouvoir les conserver jusqu'à l'examen.

Certaines étudiantes se débarrassent de leurs manuels à la fin de leurs études mais je suis bien décidée à garder les miens. Je pourrai ainsi avoir à ma disposition toute mon éducation sur une étagère et m'y référer directement, si besoin est. C'est tellement plus pratique et plus précis que d'essayer de tout emmagasiner dans sa tête.

Julia Pendleton est passée ce soir pour une simple visite mondaine et elle est restée une heure entière. Elle a démarré sur le thème de la famille et il m'était impossible de l'arrêter. Elle voulait tout savoir à mon sujet et m'a demandé le nom de jeune fille de ma mère. A-t-on jamais posé question plus impertinente à quelqu'un qui sort de l'orphelinat ? Je n'ai pas eu le courage de répondre que je l'ignorais et je me suis jetée sur le premier nom qui m'a traversé l'esprit, c'est-à-dire Montgomery. Alors elle a voulu savoir si j'appartenais à la branche des Montgomery du Massachusetts ou à celle des Montgomery de Virginie.

Sa mère était une Rutherford. Sa famille remonte au déluge et était apparentée, d'une façon ou d'une autre, à Henri VIII. Du côté de son père, ses ancêtres remontent plus loin qu'Adam et Ève. Sur une des branches supérieures de leur arbre généalogique, on peut remarquer une race tout à fait privilégiée de singes à poils soyeux, dotés d'une queue particulièrement longue.

Je voulais vous écrire ce soir une jolie lettre, gaie et pleine d'entrain. Malheureusement, j'ai sommeil et de plus j'ai le trac. Être nouvelle n'est pas un sort très enviable.

Sur la brèche, votre fidèle,

Judy Abbott

Dimanche

Très Cher Papa-Longues-Jambes,

J'ai une terrible, terrible, terriblement mauvaise nouvelle à vous annoncer, aussi ne vais-je pas commencer par là ; essayons d'abord de vous mettre de bonne humeur.

Jerusha Abbott a entamé sa carrière d'écrivain. Un poème intitulé *Du haut de ma tour* a été publié dans *Le Mensuel* de février et en première page, s'il vous plaît. Quel honneur pour une débutante ! L'assistante d'anglais m'a arrêtée hier au soir, à la sortie de la chapelle, pour me dire que c'était une œuvre charmante, mis à part le sixième vers qui a trop de syllabes. Je vous en enverrai une copie au cas où vous souhaiteriez le lire.

Voyons si je peux encore trouver quelque chose de drôle à vous raconter. Ah oui ! J'apprends à patiner et j'arrive à glisser à peu près correctement toute seule, sans l'aide de personne. J'ai aussi appris à descendre le long d'une corde depuis le toit du gymnase. Enfin, je saute un mètre dix à la barre et j'espère atteindre le mètre vingt très prochainement.

L'évêque d'Alabama nous a fait ce matin un sermon particulièrement inspiré sur le thème : « Ne juge pas si tu ne veux pas être jugé. » Il s'agissait de la nécessité où nous sommes de pardonner aux autres leurs erreurs et de ne pas les décourager par des jugements trop sévères. J'aurais bien voulu que vous puissiez l'entendre.

Voici l'après-midi d'hiver le plus ensoleillé et le plus éblouissant de blancheur que nous ayons eu jusqu'alors ; des glaçons pendent aux branches des sapins et le monde entier croule sous le poids de la neige – mais quant à moi, je croule sous le poids de la tristesse.

Allons, Judy, du courage ! Il faut lui dire la nouvelle.

Êtes-vous *vraiment* de bonne humeur ? J'ai échoué en mathématiques et en thème latin. Je prends des cours particuliers dans ces deux matières et je devrai passer un nouvel examen le mois prochain. Je suis surtout désolée de vous décevoir ; mais autrement, cela m'est égal, parce que j'ai appris un tas de choses qui ne sont pas au programme. J'ai lu dix-sept romans et *des tonnes* de poésie – des romans qu'il faut avoir lus comme *La Foire aux vanités, Richard Feverel* et *Alice au pays des merveilles.* Également *Les Essais* d'Emerson, *La Vie de Scott* par Lockhart, le premier volume de *L'Empire romain* de Gibbon et la moitié de *La Vie de Benvenuto Cellini.* Savez-vous qu'il était extraordinaire ? Il sortait tranquillement de chez lui le matin et tuait un homme avant son petit déjeuner.

Vous voyez, Papa, que j'en sais beaucoup plus qu'un simple échec en latin ne pourrait le laisser supposer. Me pardonnerez-vous cette fois-ci, si je vous promets de ne pas recommencer ?

Votre repentante,

Judy

NOUVELLES du MOIS
Judy apprend à patiner
Et à sauter en hauteur
Pas facile de passer les jambes !
Elle a eu deux mauvaises notes
Ce qui l'a fait beaucoup pleurer.
Mais elle a promis de S'APPLIQUER

Cher Papa-Longues-Jambes,

Si je vous écris au milieu du mois, en supplément de mes lettres habituelles, c'est que je me sens un peu seule ce soir. Dehors la tempête fait rage et la neige continue de battre ma tour. Toutes les lumières de l'université sont éteintes mais je bois du café noir et je n'arrive pas à dormir.

Nous avons dîné dans ma chambre ce soir, Sallie, Julia, Leonora Fenton et moi, un magnifique dîner avec des sardines, des toasts, de la salade, du caramel et du café. Julia m'a remerciée mais Sallie est restée pour m'aider à laver la vaisselle.

J'aurais pu profiter de cette soirée pour faire un peu de latin, mais il ne fait aucun doute que mon enthousiasme en la matière est plutôt languissant. Nous venons de terminer Tite-Live et le *De Senectute* et nous commençons le *De Amicitia* (prononcez Damn Icitia).

Accepteriez-vous pour quelque temps d'être ma grand-mère ? Sallie en a une, Julia et Leonora en ont chacune deux et elles ont passé la soirée à les comparer. Rien au monde ne me semble aussi désirable que d'avoir une grand-mère. C'est une relation tellement respectable. Aussi, si vous n'y voyez pas d'inconvénient, j'ai vu hier, dans un magasin de la ville, le plus joli bonnet en dentelle de Cluny que vous pouvez imaginer, ornée d'un ruban couleur lavande et j'ai décidé de vous en faire présent pour votre quatre-vingt-troisième anniversaire.

! ! ! ! ! ! ! ! ! ! ! !

La cloche de la chapelle vient de sonner minuit. Je crois que je commence à avoir sommeil.

Bonne nuit, Bonne-maman,
Je vous aime tendrement.

Judy

Les Ides de mars

Cher P.-L.-J.,

Je bûche mon thème latin. Je l'ai bûché. Je le bûcherai. Je serai sur le point de l'avoir bûché. La nouvelle épreuve est fixée à mardi prochain, à la septième heure. Ou bien je suis reçue ou bien je suis FICHUE. Aussi, la prochaine fois que vous aurez de mes nouvelles, vous appprendrez que je suis toujours en vie, heureuse et libérée de toutes obligations ou bien que je gis en morceaux, brisée à tout jamais.

Vous aurez droit alors à une lettre digne de ce nom. Cette nuit, j'ai un rendez-vous urgent avec l'Ablatif Absolu.

Toujours vôtre, même par le temps qui court,

J.A.

26 mars

Mr. P.-L.-J. Smith,

Monsieur : vous ne répondez jamais aux questions que je vous pose ; vous ne montrez jamais le moindre intérêt pour ce que je vous raconte. Vous êtes sans doute le plus horrible de tous les horribles bienfaiteurs que je connaisse et si vous prenez la peine de me faire donner une éducation, ce n'est pas parce que vous éprouvez le moindre sentiment à mon égard, c'est pour satisfaire votre sens du devoir.

Je ne sais rien de vous. Je ne sais même pas votre nom. C'est très décourageant de s'adresser à un mur. Je n'ai pas le moindre doute quant à l'usage que vous faites de mes lettres : vous les jetez au panier sans même les lire. A partir de maintenant, je ne vous parlerai que de ce qui concerne mes études.

Mes examens de latin et de géométrie ont eu lieu la semaine dernière. Je les ai réussis tous les deux et me trouve à présent libérée de toutes obligations.

Je vous prie d'agréer, Monsieur, l'expression de mes meilleurs sentiments.

Jerusha Abbott

2 avril

Cher Papa-Longues-Jambes,

Je suis une BRUTE.

S'il vous plaît, excusez cette horrible lettre que je vous ai envoyée la semaine dernière. La nuit où je l'ai écrite, j'étais seule et désemparée, et j'avais mal à la gorge. Je ne le savais pas encore, mais j'avais les amygdales enflées, la grippe et un tas d'autres choses qui n'allaient pas. A présent, je suis à l'infirmerie. J'y suis depuis six jours et c'est la première fois qu'on me donne la permission de m'asseoir et de tenir un papier et un stylo. L'infirmière en chef est *un vrai gendarme.* Mais je n'ai pas cessé de penser à tout ce qui s'est passé et je n'irai pas mieux tant que vous ne m'aurez pas pardonnée.

Voilà un dessin pour vous montrer à quoi je ressemble avec un bandage en oreilles de lapin serré autour de ma tête. Cela n'éveille-t-il pas votre sympathie ? J'ai les glandes sublinguales enflées. Dire que j'ai passé toute l'année à étudier la physiologie sans entendre parler des glandes

sublinguales. Quelle chose futile que l'éducation !

Il faut que j'arrête ma lettre ; je me sens encore faible quand je reste assise trop longtemps. S'il vous plaît, pardonnez-moi pour m'être montrée si ingrate et impertinente. J'ai été mal élevée.

Avec toute mon affection,

Judy Abbott

L'Infirmerie
4 avril

Très Cher Papa-Longues-Jambes,

Hier au soir, à la tombée de la nuit, comme j'étais assise dans mon lit en train de regarder la pluie tomber, ressentant un profond dégoût pour ce qu'est la vie dans une grande institution, l'infirmière est entrée, portant une longue boîte blanche à mon adresse, et renfermant le plus joli bouquet de roses roses que j'ai jamais vu. Et chose plus merveilleuse encore, elle contenait une carte avec un message très courtois, tracé d'une drôle de petite écriture penchée et montante (une écriture qui dénote toutefois une forte personnalité). Merci, Papa, merci mille fois. Vos fleurs sont le premier présent, le seul vrai cadeau que j'ai jamais reçu de toute ma vie. Et si vous voulez savoir quelle enfant je fais : je me suis étendue sur mon lit et j'ai pleuré de joie, tellement j'étais heureuse.

A présent que je sais que vous lisez mes lettres, j'essaierai de les rendre beaucoup plus intéressantes, de façon que vous puissiez les conserver dans un coffret, entourées d'une faveur rouge – mais, s'il vous plaît, prenez cette horrible lettre et brûlez-là ! Je déteste penser que vous puissiez un jour la relire.

Merci pour avoir rendu la vie à une pauvre étudiante malade, d'humeur triste et maussade. Vous vivez certainement entouré d'une famille et d'amis qui vous aiment et vous ne savez pas ce qu'est la solitude. Mais tel est mon lot.

A bientôt. A présent que je sais que vous existez vraiment, je vous promets de ne plus jamais me comporter de cette horrible manière ; je vous promets aussi de ne plus jamais vous ennuyer avec mes questions indiscrètes.

Détestez-vous toujours autant les filles ?

Pour toujours, votre dévouée,

Judy

Lundi, à la huitième heure

Cher Papa-Longues-Jambes,

Était-ce vous le bienfaiteur qui s'est assis sur le crapaud ? J'espère que non et d'ailleurs je ne le pense pas car – d'après ce qu'on m'a rapporté – il y a eu un gros couac ! Le monsieur devait donc être plus corpulent que vous.

Vous rappelez-vous les petites tranchées grillagées qui couraient le long des fenêtres de la buanderie au Foyer John Grier ? Chaque printemps, quand la saison des crapauds – cette gent sauteuse – revenait, nous avions pris l'habitude de faire un élevage de ces animaux. Nous les gardions à l'abri dans ces ouvertures grillagées. Il leur arrivait parfois d'envahir la buanderie, y créant, les jours de lessive, le plus amusant des remue-ménage. Nous fûmes sévèrement punis pour cette blâmable activité mais rien n'y fit : les crapauds continuèrent à proliférer.

Enfin, un certain jour – je ne sais comment et je ne veux pas vous ennuyer en rentrant dans les détails – il arriva qu'un de ces crapauds, le plus gras, le plus robuste, le plus juteux d'entre tous, se retrouva sur l'un des grands fauteuils de cuir du salon des membres bienfaiteurs et que cet après-midi-là, justement, il y avait une réunion... Mais je crois inutile de poursuivre. Vous y étiez et vous savez le reste.

Quand je repense à cet épisode sans parti pris, je dirais maintenant que la punition fut méritée, voire si je me souviens bien, bien choisie.

Je ne sais pas ce qui m'a poussée à évoquer ces souvenirs. Peut-être l'arrivée du printemps. La saison des crapauds ranime toujours en moi le vieil instinct de possession et une seule chose me retient de commencer un élevage, c'est qu'ici aucun règlement ne l'interdit.

Jeudi, après la chapelle

Savez-vous quel est mon livre préféré ? Je veux dire pour l'instant, car j'en change tous les trois jours. Ce sont *Les Hauts de Hurlevent.* Quand elle l'écrivit, Emily Brontë était encore jeune et n'avait jamais quitté le presbytère de Haworth. N'ayant jamais connu d'homme dans sa vie, comment a-t-elle *pu* imaginer un personnage comme Heathcliffe ?

Pour moi, j'en serais incapable, et pourtant je suis jeune et j'ai toujours vécu au Foyer John Grier – j'ai donc eu toutes les chances, n'est-ce pas ? Or, je ressens parfois une peur panique à l'idée de ne pas être un génie. Oh, Papa ! Seriez-vous vraiment très déçu si je ne réussissais pas à être un grand écrivain ? Au printemps, quand tout est si beau et si vert dans la nature en fleurs, j'ai une forte envie de tourner le dos aux études et de sortir profiter du grand air. Des milliers d'aventures vous attendent dans les prés ! Et il est beaucoup plus amusant de vivre les livres que de les écrire.

Aïe... !

En entendant ce cri de terreur, Sallie, Julia et l'ancienne (« encore du bruit, quel ennui ! ») se sont précipitées dans ma chambre. Voici le responsable, un mille-pattes comme celui-ci (mais encore plus terrifiant) :

J'avais à peine fini ma phrase et je réfléchissais à la suivante, quand – boum ! – il a atterri du plafond à côté de moi. J'ai renversé deux tasses à thé en essayant de m'enfuir. Sallie lui a donné un grand coup avec le dos de ma brosse à cheveux – que je ne pourrai plus jamais utiliser désormais – et elle a écrasé l'avant de l'animal ; mais l'arrière – les cinq cents pattes restantes – s'est faufilé sous la commode et il s'est échappé.

La vétusté des bâtiments et les murs couverts de lierre sont à l'origine de la présence de ces mille-pattes. Ce sont d'horribles bêtes et cette tour en est remplie. Je préférerais cent fois trouver un tigre sous mon lit.

Vendredi soir, 9 h 30

Quelle série de catastrophes aujourd'hui ! Pour commencer, je n'ai pas entendu la cloche du réveil. Puis, comme je m'habillais à la hâte, mon lacet de chaussure s'est cassé et mon bouton de col a glissé dans mon cou. J'étais en retard au petit déjeuner et aussi pour le premier cours. J'avais oublié mon buvard et mon stylo s'est mis à couler. Au cours de trigonométrie, le professeur et moi avons eu un léger désaccord sur un point de logarithmes. En y réfléchissant, j'ai dû reconnaître qu'elle avait raison. On a eu du ragoût de mouton et de la tourte aux herbes pour le déjeuner – deux choses que je déteste parce qu'elles me rappellent l'orphelinat. Il n'y avait que des factures au courrier (il faut dire que je ne reçois jamais autre chose, ma famille n'est pas du genre bavard). Au cours d'anglais, cet après-midi, nous avons eu une interrogation écrite surprise. En voici le sujet :

Je n'ai rien demandé d'autre
Et rien ne m'a été refusé.
Pour cela, j'ai offert ma vie
Le puissant marchand a souri.

Brésil ? Il tourna un bouton
Sans un regard dans ma direction :
Mais, madame, n'y a-t-il rien d'autre
Que nous puissions vous montrer aujourd'hui ?

C'est un poème. Je ne sais qui en est l'auteur, ni ce qu'il signifie. Il était simplement écrit au tableau quand nous sommes entrées et on nous a demandé d'en faire un commentaire. En lisant la première strophe, j'ai cru avoir une idée – le puissant marchand était une divinité qui exauçait les vœux de ceux qui s'étaient bien conduits. Mais quand j'arrivai à la seconde strophe et que je le vis manipuler un bouton, mon interprétation m'a semblé sacrilège et je me suis dépêchée de changer d'idée. Le reste de la classe s'est trouvé devant la même alternative et nous sommes restées trois quarts d'heure devant une feuille blanche, la tête complètement vide. Recevoir une éducation est parfois terriblement épuisant !

Mais la journée n'était pas finie. Le pire était encore à venir.

Il pleuvait et, ne pouvant jouer au golf, nous sommes allées au gymnase. Là, ma voisine m'a heurté le coude avec sa massue. En rentrant chez moi, je trouvai une boîte contenant ma nouvelle robe d'été bleue. La jupe est si étroite que je n'ai pas pu m'asseoir. Vendredi est le jour de la femme de ménage et mon bureau était un vrai fouillis. On nous a servi de la pierre tombale au dessert (sorte de flanc gélatineux à la vanille). A la chapelle, nous avons dû rester vingt minutes de plus pour écouter un sermon sur « la féminité » des femmes. Enfin, au moment où je m'installais avec un soupir de soulagement bien mérité pour lire *Le Portrait d'une Dame,* une fille du nom d'Ackerly, une sorte de pâte molle, terriblement et irrémédiablement stupide, qui s'assoit près de moi en latin parce que son nom commence par un A (ah ! comme j'aurais voulu que Mrs. Lippett m'appelle Zabriski !), est venue me demander si la leçon de lundi commençait au paragraphe 69 ou 70. Elle est restée UNE HEURE ENTIÈRE et elle vient seulement de partir.

Avez-vous jamais vu une telle série d'événements fâcheux ? Ce ne sont pas les grandes épreuves qui demandent du caractère dans la vie. N'importe qui peut connaître un moment de crise et surmonter une tragédie écrasante avec courage ; mais faire face aux petits ennuis quotidiens avec le sourire, voilà, j'en suis convaincue, qui requiert une véritable force d'âme.

C'est cette sorte de caractère que je voudrais développer en moi et c'est selon cette devise que je veux vivre : la vie entière n'est qu'un jeu où je dois jouer mon rôle aussi loyalement et avec autant d'adresse que possible. Peu importe si je gagne ou je perds : je hausserai les épaules en riant, mais dans tous les cas, je serai beau joueur. Vous ne m'entendrez plus me plaindre, mon cher Papa, parce que Julia porte des bas de soie ou parce que des mille-pattes me tombent sur la tête.

Toujours vôtre,

Judy

Répondez vite.

27 mai

A l'adresse de
Monsieur Papa-Longues-Jambes,

Cher Monsieur : Je viens d'accuser réception d'une lettre de Mrs. Lippett. Elle espère que rien ne laisse à désirer dans mon comportement ni dans mes études. Comme je ne sais probablement pas où aller cet été, elle me propose de revenir à l'orphelinat et d'y travailler pour gagner ma pension jusqu'à la rentrée universitaire.

JE DÉTESTE LE FOYER JOHN GRIER.

Je préfère mourir plutôt que d'y retourner.

Votre très fidèle,

Jerusha Abbott

Cher[1] Papa-*Jambes-Longues,*

Vous êtes un type sympa !

Je suis très heureuse au sujet de la ferme, *parsque je n'ai jamais* été dans une ferme *dans ma vie* et je détesterais *retourner chez* John Grier *et* laver la vaisselle *tout l'été.* Il y aurait un risque que *quelque chose affreuse* arrive, *parsque j'ai perdu ma humilité d'autre fois et j'ai peur* de me mettre en colère *quelque jour et* de casser toutes les tasses et toutes les soucoupes *dans la maison.*

Pardon brièveté et le papier. *Je ne peux pas* envoyer *de mes nouvelles parsque je suis dans* le cours de français *et j'ai peur que Monsieur le Professeur* ne m'interroge *tout de suite.*

Il l'a fait !

Au revoir,
Je vous aime beaucoup.

Judy

1. Les expressions en italique sont en français dans cette lettre.

30 mai

Cher Papa-Longues-Jambes,

Êtes-vous déjà venu ici ? (Que cette question ne vous trouble pas, c'est une simple façon de parler.) Le parc est un endroit merveilleux au printemps. Tous les arbustes sont en fleurs et les arbres du plus beau vert. Les vieux pins eux-mêmes semblent rajeunis. La prairie s'émaille de pissenlits jaunes et de centaines de filles en robes bleues, blanches ou roses. Chacun est d'humeur libre et joyeuse car les vacances approchent et dans cette radieuse perspective, on oublie les examens.

N'est-ce pas là une heureuse disposition d'esprit ? Et puis, cher Papa, je suis bien la plus heureuse de toutes, ici ! D'abord, parce que je ne suis plus à l'orphelinat ; et aussi parce que je ne suis ni bonne d'enfants, ni secrétaire, ni comptable (ce qui aurait sans doute été mon cas si je ne vous avais pas rencontré).

Je suis désolée à présent pour toutes mes bêtises passées.

Désolée d'avoir été impertinente envers Mrs. Lippett.

Désolée d'avoir calotté Freddie Perkins.

Désolée d'avoir mis du sel dans le sucrier.

Désolée d'avoir fait des grimaces dans le dos des membres du comité de bienfaisance.

Et parce que je suis si heureuse, je serai maintenant douce, sage et gentille avec tout le monde. Cet été, je vais commencer à écrire, écrire, écrire, pour devenir un grand écrivain. N'est-ce pas là une tâche exaltante ? Oh, je suis en train de me forger un magnifique caractère ! Il faiblit encore un peu quand il fait froid ou qu'il gèle, mais il reprend des forces dès que le soleil brille.

C'est d'ailleurs ce qui se passe pour tout le monde. Je ne partage pas la théorie selon laquelle la force morale ne s'acquiert qu'au travers des épreuves, de la tristesse et des déceptions. Les gens les plus heureux sont toujours pleins de bonté et de gentillesse. Je ne crois pas aux misanthropes. (Quel mot super(be) ! je viens juste de l'apprendre.) Vous n'êtes pas un misanthrope, n'est-ce pas, Papa ?

Mais je vous parlais de l'université. Comme j'aimerais que vous veniez y faire une petite visite ! Je vous servirais de guide et je vous dirais :

« Voici la bibliothèque, cher Papa, et voici l'installation à gaz. Et là, sur votre gauche, ce bâtiment gothique, c'est le gymnase. Et derrière lui, cette bâtisse d'architecture romane, de style Tudor, c'est la nouvelle infirmerie. »

Oh, j'ai des dispositions pour montrer les lieux aux visiteurs. A l'orphelinat, cela m'arrivait souvent et aujourd'hui, c'est ce que j'ai fait toute la journée. Mais oui, je vous assure.

Et pour un Monsieur, en plus !

Ce fut une grande expérience. Je n'avais jamais adressé la parole à un homme auparavant (excepté à quelques membres bienfaiteurs, mais cela ne compte pas). Pardon, Papa. Je n'ai pas l'intention de vous blesser, quand je parle aussi légèrement des bienfaiteurs. En fait, je n'arrive pas à vous considérer comme l'un d'entre eux et, pour moi, c'est un pur hasard si vous faites partie du comité. Le bienfaiteur en tant que tel est gros, solennel et bienveillant. Il vous tapote gentiment la tête et porte une montre de gousset au bout d'une chaîne en or.

On dirait un hanneton, mais c'est le portrait de n'importe quel bienfaiteur, vous excepté.

Donc – pour reprendre mon histoire :

Je me suis promenée, j'ai conversé et j'ai pris le thé en compagnie d'un homme. Et d'un homme de grande classe, s'il vous plaît : Mr. Jervie Pendleton de la famille de Julia ; bref, son oncle, si vous préférez ; (« bref » n'est pas le mot qui convient, car il est aussi grand que vous). Il était en ville pour ses affaires et a eu l'idée de venir voir sa nièce à l'université. C'est le frère cadet de son père, mais elle ne le connaît pas très bien. Il paraît qu'il lui a jeté un coup d'œil dans son berceau, qu'il a décidé qu'elle ne lui plaisait pas et que, depuis, il ne lui a plus accordé la moindre attention.

Quoi qu'il en soit, il était là, assis dans le salon réservé aux visiteurs, parfaitement convenable avec son chapeau, sa canne et ses gants posés à côté de lui. Or, Julia et Sallie avaient sept heures de leçons qu'elles ne pouvaient pas manquer. Julia est entrée en trombe dans ma chambre pour me demander la faveur de faire visiter l'université à son oncle et de lui tenir compagnie jusqu'à ce que ses cours soient terminés. J'ai accepté pour lui faire plaisir mais sans grand enthousiasme, parce que je ne me soucie guère des Pendleton.

Mais celui-ci s'est révélé doux comme un agneau. C'est un être humain avant d'être un Pendleton. Nous avons passé un après-midi délicieux et, depuis, je meurs d'envie d'avoir un oncle. Accepteriez-vous, pour quelque temps, d'être mon oncle ? Je les crois encore supérieurs aux grand-mères.

Mr. Pendleton me fait un peu penser à vous, Papa. Il ressemble à l'homme que vous avez dû être, il y a une vingtaine d'années. Vous voyez comme je vous connais bien, même si nous ne nous sommes jamais rencontrés !

Il est grand et plutôt mince ; il a le teint basané et le visage sillonné de petites rides. Un étrange sourire semble toujours jouer au coin de ses lèvres, sans pourtant se décider à les franchir. Il a le don de vous mettre à l'aise et vous donne le sentiment de l'avoir toujours connu. Il est d'une société très agréable.

Nous avons visité l'université de long en large, depuis la cour jusqu'au terrain de sports. Puis il s'est déclaré fatigué et désireux de prendre le thé. Il a proposé que nous nous rendions à l'auberge de l'université – elle se trouve juste au bout de l'allée de pins, à la sortie du parc. J'ai dit que nous devrions aller retrouver Julia et Sallie, mais il a répondu qu'il ne voulait pas que ses nièces boivent trop de thé ; que cela les rendait nerveuses. Nous sommes donc partis jusqu'à l'auberge où l'on nous a servi du thé accompagné de petits pains, de marmelade, de glaces et de gâteaux, le tout à une petite table installée sur la terrasse. Heureusement, l'auberge était presque déserte car c'est la fin du mois et les étudiantes n'ont plus beaucoup d'argent.

Quel merveilleux après-midi ! Mais il a dû se dépêcher pour ne pas rater son train et c'est à peine s'il a pu voir Julia. Elle était furieuse que je l'aie accaparé ; il paraît que c'est un oncle particulièrement riche et précieux. Cela me soulage d'apprendre qu'il est riche, car le thé et les pâtisseries ont coûté chacun soixante cents.

Ce matin (nous sommes aujourd'hui lundi), trois boîtes de chocolat sont arrivées en exprès pour Julia, Sallie et moi-même. Que dites-vous de cela : recevoir des friandises de la part d'un monsieur !

Je commence à oublier l'orpheline et à me sentir de plus en plus jeune fille.

J'aimerais que vous veniez ici, un jour. Nous pourrions prendre le thé et je verrais si vous me plaisez. Ne serait-ce pas terrible si ce n'était pas le cas ? Mais non, c'est impossible. Je sais bien que vous me plairiez.

Bien[1] *!* Je vous présente mes hommages.

« Jamais je ne t'oublierai[1]*. »*

Judy

P.-S. En me regardant dans la glace ce matin, j'ai découvert une nouvelle fossette qui – j'en suis sûre – n'était pas là auparavant. D'où vient-elle, le savez-vous ?

9 juin

Cher Papa-Longues-Jambes,

Jour de gloire ! Je viens de terminer ma dernière épreuve – physiologie. Et maintenant :

Trois mois à la ferme !

Je ne sais pas du tout ce qu'est une ferme. Je n'y suis encore jamais allée et je n'en ai même jamais vu (sinon à travers les vitres d'une voiture) ; mais je sais que je vais m'y plaire et que je vais aimer me sentir *libre.*

Même maintenant, je ne suis pas encore tout à fait habituée à ma liberté. L'image du Foyer John

1. En français dans cette lettre.

Grier me poursuit. Chaque fois que j'y pense, cela me donne de petits frissons dans le dos et j'ai l'impression de devoir courir de plus en plus vite en regardant par-dessus mon épaule, pour éviter que Mrs. Lippett ne me rattrape et ne me mette la main dessus.

Il n'y aura personne pour me surveiller cet été, n'est-ce pas ?

Votre autorité de principe ne me gêne guère : vous êtes trop loin pour me causer aucun souci ; Mrs. Lippett est morte pour toujours en ce qui me concerne ; quant aux Semple, je ne crois pas qu'ils aient pour consigne de veiller à ma bonne conduite. Non, j'en suis sûre. Me voilà donc devenue une grande personne à part entière. Hourra !

Je vous laisse à présent pour faire ma valise et empaqueter mes affaires : trois caisses contenant ma bouilloire, de la vaisselle, des coussins et des livres.

Pour toujours, votre dévouée,

Judy

P.-S. Ci-joint mon examen de physiologie. Auriez-vous réussi ?

Ferme de Lock Willow
Samedi soir

Très Cher Papa-Longues-Jambes,

Je viens tout juste d'arriver et n'ai pas encore eu le temps de déballer mes affaires, mais je ne peux pas attendre plus longtemps pour vous dire à quel point j'aime la ferme. C'est un endroit absolument *divin,* divin, divin ! Voici le dessin de la maison :

Comme vous le voyez, c'est une grande bâtisse carrée, de style ancien. Sa construction remonte à une centaine d'années environ. Elle a une véranda sur le côté que je n'ai pas pu dessiner et devant, une entrée avec un porche très accueillant. Pardonnez mon dessin qui n'est pas très fidèle. Les petits plumeaux que vous voyez là, sont en réalité des érables et les arbustes épineux qui bordent la route, des sapins et des épicéas bruissant sous la caresse du vent. La maison est bâtie au sommet d'une colline d'où l'on a une vue magnifique qui s'étend sur des kilomètres de vertes prairies jusqu'à une nouvelle ligne de collines.

C'est le genre de paysage que l'on trouve ici, dans le Connecticut, un paysage tout en vagues ondoyantes, et la ferme de Lock Willow est située sur la crête d'une de ces vagues. Les étables, qui se trouvaient de l'autre côté de la route, barraient légèrement l'horizon : elles ont été fort heureusement détruites par la foudre.

Les habitants se composent de Mr. et Mrs. Semple, d'une fille de ferme et de deux hommes engagés pour les moissons. Ces derniers prennent leurs repas à la cuisine ; les Semple et Judy dans la salle à manger. Pour dîner, nous avons eu des œufs au jambon, et aussi des biscuits, du miel, du gâteau en gelée, de la tourte, des fruits marinés dans du vinaigre, du fromage et du thé – sans oublier un bon bout de conversation. Je n'ai jamais été aussi drôle de ma vie ; tout ce que je dis prête à rire. Comme c'est mon premier séjour à la campagne, mes questions sont sans doute d'une grande naïveté.

La chambre marquée d'une croix sur le dessin n'est pas celle où le crime a été commis mais celle que j'occupe. C'est une pièce carrée, vaste et claire, avec des meubles anciens pleins de charme, des volets que l'on cale à l'aide de tuteurs et des stores verts garnis d'un galon doré, qui vous retombent sur les mains dès que vous les touchez. Il y a aussi une grande table en acajou carrée où j'ai l'intention de m'accouder une bonne partie de l'été pour écrire mon roman.

Oh, Papa, je suis si excitée ! Il me tarde que le jour se lève pour commencer mon exploration. Il est à présent 8 heures et demie ; je vais souffler ma chandelle et essayer de dormir. Le réveil est prévu à 5 heures. Vous êtes-vous jamais autant amusé ? Je n'arrive pas à croire que tout cela m'arrive à moi, Judy. Le bon Dieu et vous me donnez plus que je ne mérite. Je dois devenir une très, très, *très* gentille personne pour pouvoir vous remercier. Mais je vais l'être. Vous verrez.

Bonne nuit,

Judy

P.-S. Ah ! Si vous pouviez entendre le chant des grenouilles et le cri des petits cochons. Et si vous pouviez voir la nouvelle lune ! Je l'ai vue par-dessus mon épaule droite. Cela porte bonheur...

Lock Willow,
12 juillet

Cher Papa-Longues-Jambes,

Comment votre secrétaire a-t-il eu connaissance de Lock Willow ? (Ce n'est pas simple curiosité de ma part si je pose cette question ; je désire vraiment le savoir.) Écoutez plutôt : Mr. Jervie Pendleton était naguère propriétaire de cette ferme et il en a fait don à Mrs. Semple qui fut sa nourrice quand il était enfant. N'est-ce pas une drôle de coïncidence ? Elle l'appelle toujours Monsieur Jervie et elle aime à parler de l'adorable petit garçon qu'il était alors. Elle a même conservé dans une boîte une de ses boucles de bébé – une mèche de cheveux rouges, je veux dire roux !

Depuis qu'elle a découvert que je le connais, j'ai beaucoup monté dans son estime. Connaître un des membres de la famille Pendleton est en effet la meilleure introduction pour qui se présente à Lock Willow, surtout s'il s'agit de Monsieur Jervie qui est « la crème de la famille ». J'ai plaisir à vous dire que Julia appartient à une branche inférieure.

La ferme m'amuse de plus en plus. Hier, je suis montée sur la charrette à foin. Nous avons trois cochons adultes et neuf petits porcelets et vous devriez les voir manger. De *vrais* cochons ! Nous avons des flopées de petits poussins, de canards, de dindes et de pintades. Il faut être fou pour vivre en ville alors qu'on pourrait vivre dans une ferme.

Ma tâche quotidienne consiste à ramasser les œufs. Hier, je suis tombée d'une poutre du grenier en cherchant à atteindre le nid que la poule noire avait dissimulé. Et quand je suis rentrée à la ferme avec mon genou écorché, Mrs. Semple m'a fait un pansement à l'hamamélis. Tout en me soignant, elle ne cessait de marmonner : « Mon Dieu ! Mon Dieu ! Il me semble que c'était hier que Monsieur Jervie est tombé de la même poutre et s'est écorché le même genou ! ».

Le paysage est d'une beauté sublime : devant nous, une vallée, une rivière et une chaîne de collines boisées et plus loin, là-bas, une grande montagne bleue qui vous fond tout simplement dans la bouche.

Nous faisons du beurre deux fois par semaine ; et nous gardons la crème dans la maisonnette en pierre située au bord du ruisseau. Quelques fermiers voisins possèdent une écrémeuse mais nous ne nous encombrons pas de ces nouveautés. Cela demande un peu plus d'effort de baratter le lait dans des casseroles, mais c'est suffisamment rentable pour nous. Nous avons six veaux et j'ai donné un nom à chacun.

1. Sylvia, parce que c'est une fille et qu'elle est née dans les bois.

2. Lesbia, d'après la Lesbia de Catulle.

3. Sallie.

4. Julia, une bête tachetée, quelconque.

5. Judy, d'après moi-même.

6. Papa-Longues-Jambes. J'espère que cela ne vous choque pas, Papa ? C'est un Jersey de pure

race qui semble avoir bon caractère. Voilà à quoi il ressemble – vous pouvez voir comme il porte bien son nom.

Je n'ai pas encore eu le temps de commencer mon œuvre immortelle ; j'ai été trop occupée par les travaux de la ferme.

Toujours vôtre,

Judy

P.-S. J'ai appris à faire des beignets.

P.-S. (2). Si vous désirez faire l'élevage des poulets, laissez-moi vous recommander les Buff Orpingtons. Ils n'ont pas le duvet hérissé.

P.-S. (3). Comme j'aimerais vous envoyer une motte toute fraîche du beurre que nous avons baratté hier. Me voilà devenue une parfaite laitière !

P.-S. (4). Voici un dessin de Miss Jerusha Abbott, le futur grand écrivain, en train de faire rentrer les vaches à l'étable.

Dimanche

Cher Papa-Longues-Jambes,

N'est-ce pas curieux ? Je commençais à vous écrire une lettre hier après-midi et j'avais à peine tracé l'en-tête, « Cher Papa-Longues-Jambes », quand je me rappelai soudain que j'avais promis de cueillir des mûres pour le dîner ; je suis sortie en laissant ma lettre sur la table, je reviens ce matin et savez-vous ce que je trouve ? un vrai faucheux au beau milieu de la page !

Je l'ai attrapé très délicatement par une patte et je l'ai jeté par la fenêtre. Pour rien au monde, je ne voudrais blesser un de ces faucheux ; ils me font trop penser à vous.

Ce matin, on a attelé la carriole pour aller à l'église du village. C'est une adorable petite église peinte en blanc avec une flèche et une façade ornée de trois colonnes doriques (ou peut-être ioniques – je confonds toujours les deux).

Un joli sermon soporifique où chacun s'assoupissait derrière son éventail à feuilles de palme et où le seul bruit à rompre le silence – la voix du pasteur exceptée – était le chant des cigales dans les arbres proches. Je ne me suis réveillée qu'au moment où l'on se levait pour entonner un cantique et j'ai beaucoup regretté de ne pas avoir écouté le sermon : j'aurais souhaité en savoir plus sur la psychologie d'un homme qui a choisi un tel cantique. Le voici :

Viens, laisse-là tes jouets et tes amusements terrestres
Viens avec moi partager les joies célestes,
Sinon, mon ami, disons-nous un éternel adieu
Car je t'abandonne au gouffre de l'enfer.

Parler religion avec les Semple n'est pas sans danger. Leur dieu (le même depuis des siècles et qui leur a été légué par leurs ancêtres puritains) est un dieu étroit, irrationnel, injuste, mesquin, vindicatif et fanatique. Le ciel en soit loué, je n'ai reçu aucun dieu en héritage ! Je suis libre d'inventer le mien comme je l'entends. C'est un dieu bon et compatissant, plein d'imagination, clément, compréhensif – et qui a le sens de l'humour.

J'apprécie énormément les Semple et je crois leur manière de vivre bien supérieure à la théorie de leurs discours. Ils sont meilleurs que le dieu qui les a faits. Je les ai profondément choqués en leur disant cela. Ils pensent que je blasphème et moi, je pense que ce sont eux qui blasphèment ! Nous avons banni la religion de nos sujets de conversation.

C'est dimanche après-midi.

Amasai (l'un des ouvriers de la ferme), en cravate pourpre et gants de daim d'un jaune criard, le teint cramoisi et rasé de frais, vient de partir en carriole avec Carrie (la fille de ferme) parée d'un grand chapeau orné de roses rouges et vêtue d'une robe de mousseline bleue, ses cheveux frisottés autant qu'ils peuvent l'être. Amasai a passé la matinée à astiquer le boghei ; et Carrie est restée à la maison à l'heure de l'office, soi-disant pour préparer le déjeuner mais, en fait, pour repasser la robe de mousseline.

Dans deux minutes j'aurai terminé cette lettre et je vais m'installer avec un livre trouvé au grenier, intitulé *Sur la piste.* Sur la page de garde s'étale une inscription tracée d'une drôle d'écriture par une main enfantine :

Jervie Pendleton
Si ce livre venait à s'égarer
Donne-lui une gifle et renvoie-le
A son propriétaire.

Le petit Jervie a passé un été ici, à l'âge de onze ans, à la suite d'une maladie ; et il a laissé *Sur la piste* comme trace de son passage. Il a dû le lire plusieurs fois, à en juger par les nombreuses marques de doigts que ses petites mains sales ont faites ici et là. Il y a aussi dans un coin du grenier une roue à eau, un moulin à vent et une série d'arcs et de flèches. A force d'entendre Mrs. Semple parler de lui, il s'est mis à vivre réellement dans mon imagination. Ce n'est pas l'homme adulte avec sa canne et son haut-de-forme que je vois, mais un adorable petit garçon, sale et ébouriffé, qui fait un raffut effroyable en montant les marches, qui laisse les portes ouvertes à tous vents et qui vient toujours demander des gâteaux (qu'il obtient – ou je ne connais pas Mrs. Semple !). Ce devait être un petit être loyal et courageux avec une âme d'aventurier. Je suis désolée de penser que c'est un Pendleton ; il valait sans doute mieux que cela.

Demain, on commence à faire les foins ; on a loué une machine et trois ouvriers en plus.

J'ai une nouvelle affligeante à vous apprendre : Bouton-d'or (la vache tachetée qui n'a qu'une seule corne, la mère de Lesbia) s'est conduite de façon déshonorante. Elle a pénétré dans le verger vendredi soir et s'est mis à manger les pommes tombées. Elle en a mangé tant et tant qu'elles lui sont montées à la tête. Pendant deux jours, elle est restée complètement ivre ! Je vous dis la simple vérité. Avez-vous jamais entendu une chose pareille ? C'est un vrai scandale !

Je reste, Monsieur, votre orpheline affectueuse,

Judy Abbott

P.-S. Indiens au premier chapitre et bandits de grands chemins dans le deuxième. Je retiens mon souffle. Que *peut* bien contenir le troisième ? « Hawk le Rouge a fait un saut de vingt pieds au-dessus du sol puis a mordu la poussière. » C'est la légende du frontispice. Judy et Jervie s'amusent bien !

15 septembre

Cher Papa,

On m'a fait monter sur la balance qui sert à peser les sacs de farine à la grande boutique des Corners. J'ai pris quatre kilos et demi ! Je vous recommande Lock Willow pour vous refaire une santé.

Toujours vôtre,

Judy

25 septembre

Cher Papa-Longues-Jambes,

Félicitez-moi : me voilà étudiante de seconde année, une sophomore ! Je suis rentrée vendredi dernier, désolée de quitter Lock Willow mais heureuse de revoir l'université. C'est une agréable sensation de retrouver un lieu familier. Je commence à me sentir chez moi ici, et parfaitement à l'aise. En fait, je commence à me sentir chez moi partout dans le monde. Je sens maintenant que j'y ai ma place et non que j'y suis simplement tolérée. Mais vous ne devez pas comprendre un mot de ce que j'essaie de vous dire. Comment une personne aussi importante qu'un bienfaiteur pourrait-elle comprendre les sentiments d'une insignifiante petite orpheline ?

Et maintenant, Papa, écoutez bien. Savez-vous avec qui je partage mon nouveau logement ? Avec Sallie McBride et Julia Rutledge Pendleton. Je vous dis la vérité. Nous avons un salon d'étude commun et trois petites chambres. *Voilà*[1] !

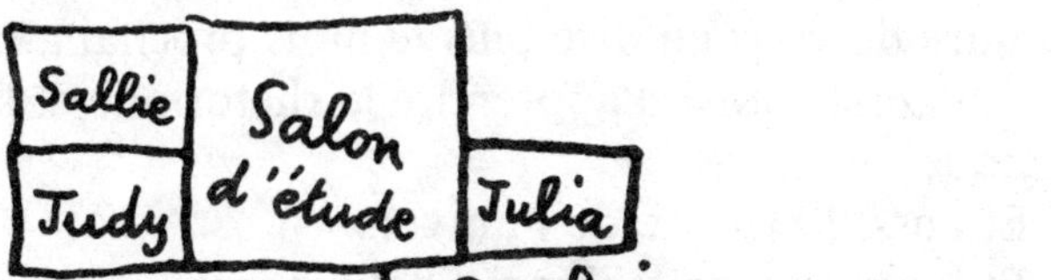

1. En français dans le texte.

Sallie et moi avions décidé au printemps dernier que nous voulions habiter ensemble et Julia a insisté pour rester avec Sallie – je ne sais pas pourquoi car elles ne se ressemblent pas du tout – mais les Pendleton sont par nature conservateurs et rebelles (ô, le joli mot !) au changement. Quoi qu'il en soit, nous voici ensemble. Imaginez Jerusha Abbott, ancienne pensionnaire de l'orphelinat John Grier, faisant chambre commune avec une Pendleton. Nous sommes vraiment dans un pays démocratique.

Sallie s'est présentée pour la présidence de la classe et à moins d'un échec imprévu, elle sera certainement élue. Il règne ici une belle atmosphère d'intrigue et vous devriez voir nos talents de politiciennes ! Oh, Papa ! Je vous prédis que quand les droits des femmes seront reconnus, vous les hommes n'aurez qu'à bien vous tenir pour conserver les vôtres. L'élection aura lieu samedi prochain et nous aurons une retraite aux flambeaux le soir, quels que soient les résultats.

Je commence l'étude de la chimie. C'est la matière la plus insolite que je connaisse ; je n'avais rien vu de tel auparavant. On travaille sur les molécules et les atomes, mais je serai en mesure de vous en dire plus le mois prochain.

J'ai aussi choisi d'apprendre la rhétorique et la logique.

Et aussi l'histoire de l'univers.

Et les pièces de William Shakespeare.

Et le français.

Si cela continue quelques années encore, je vais devenir passablement intelligente.

J'aurais préféré choisir l'économie plutôt que le français, mais je n'ai pas osé car j'ai craint qu'en abandonnant l'étude de cette matière, le professeur ne me laisse pas passer en seconde année. Il faut vous dire que j'ai réussi de justesse mon examen de juin ; la formation que j'ai reçue au collège était très insuffisante.

Au cours de français, il y a une seule fille qui ne cesse de bavarder aussi couramment qu'elle le ferait en anglais. Elle a séjourné à l'étranger avec ses parents quand elle était petite, et elle a passé trois ans dans une institution religieuse. Vous imaginez comme elle peut être brillante, comparée au reste de la classe ! Les verbes irréguliers ne sont pour elle qu'un simple jeu. Je voudrais bien que mes parents m'aient abandonnée sur le seuil d'une institution religieuse française quand j'étais bébé, au lieu de choisir l'hospice des enfants trouvés. Et puis non, cela non plus, je ne le voudrais pas ! Parce que, alors, je n'aurais jamais eu l'occasion de faire votre connaissance. Et je préfère cent fois vous connaître, vous, plutôt que le français.

A bientôt, Papa. Je dois maintenant rendre visite à Harriet Martin et après nous être consultées sur une question de chimie, j'essaierai de placer quelques mots sur la prochaine élection, en faveur de notre future présidente.

Diplomatiquement vôtre,

J. Abbott

17 octobre

Cher Papa-Longues-Jambes,

Supposons que la piscine du gymnase soit remplie de gelée de citron et que quelqu'un essaie d'y nager : cette personne flotterait-elle à la surface ou bien serait-elle entraînée vers le fond ? Il y avait de la gelée de citron au dessert quand le problème a été soulevé. Nous avons débattu la question avec animation pendant près d'une demi-heure, mais nous ne l'avons toujours pas résolue. Sallie croit qu'elle pourrait nager, mais, quant à moi, je reste persuadée que le meilleur nageur du monde coulerait. Ne serait-ce pas drôle de se noyer dans de la gelée de citron ?

Deux autres problèmes ont retenu l'attention de notre table au dîner.

1er. Quelle serait la forme des chambres dans une maison octogonale ? Quelques-unes des filles persistent à croire qu'elles seraient carrées, mais je suis d'avis qu'elles auraient plutôt la forme d'une part de tarte. Qu'en pensez-vous ?

2e. Supposez une grande sphère creuse tout en glaces au centre de laquelle vous serez assis. Où s'arrêterait-elle de refléter votre face et où commencerait-elle à refléter votre dos ? Plus on réfléchit à ce problème, plus on s'y perd. Vous pouvez juger, d'après cela, à quelles profondes réflexions philosophiques nous occupons nos loisirs !

Vous ai-je parlé de la dernière élection ? C'était il y a seulement trois semaines, mais pour nous c'est déjà de l'histoire ancienne. Sallie a été élue

et nous avons fait une retraite aux flambeaux avec des bannières proclamant : « McBride pour toujours », avec un orchestre et quatorze instrumentistes (trois harmonicas et onze peignes).

Nous sommes maintenant des personnages très importants au nº 258, et une bonne part de célébrité rejaillit sur Julia et moi. C'est assez fatigant de vivre sous le même toit qu'un président.

Bonne nuit, cher [1] Papa.

Acceptez mes compliments, très respectueux.
Je suis,

Votre Judy.

1. Les mots en italique sont en français dans cette lettre.

12 novembre

Cher Papa-Longues-Jambes,

Nous avons battu l'équipe de basket des nouvelles, hier. Bien sûr, nous étions ravies mais si seulement nous pouvions battre l'équipe des juniors ! Je serais prête à garder le lit pendant toute une semaine, couverte de bleus et de compresses d'hamamélis de la tête aux pieds.

Sallie m'a invitée à passer les vacances de Noël chez elle. Elle habite à Worcester, dans le Massachusetts. N'est-ce pas chic de sa part ? Je me réjouis d'y aller. Je n'ai jamais été dans une vraie famille de toute ma vie, excepté à Lock Willow – mais les Semple sont des adultes, ils sont âgés et cela ne compte pas –, alors que les McBride ont une maison pleine d'enfants (au moins deux ou trois) avec une mère, un père, une grand-mère et un chat angora. C'est une famille au grand complet ! Faire sa valise et partir est bien plus amusant que rester en arrière. Je me sens terriblement excitée à cette perspective.

A la septième heure – je dois courir à la répétition. Je vais figurer dans la représentation théâtrale de fin d'année, pour le *Thanksgiving day* [1]. Un prince dans une tour en tunique de velours avec des boucles blondes. N'est-ce pas une jolie farce ?

Votre

J.A.

1. Les mots en italique sont en français dans cette lettre.

Samedi

Voulez-vous savoir à quoi je ressemble ? Voici une photo de nous trois prise par Leonora Fenton. La plus mince qui rit aux éclats, c'est Sallie et la plus grande avec le nez en l'air, c'est Julia ; enfin, la petite avec ses cheveux dans la figure, c'est Judy – elle est plus belle que ça en vérité, mais elle avait le soleil dans les yeux.

« Stone Gate »,
Worcester, Mass.,
31 décembre

Cher Papa-Longues-Jambes,

Je voulais vous écrire plus tôt pour vous remercier de votre chèque de Noël, mais la vie chez les McBride est si absorbante que je n'ai pas réussi jusqu'à présent à m'asseoir plus de deux minutes à mon bureau.

Je me suis acheté une robe neuve – une robe dont je n'avais nul besoin mais dont j'avais envie. Cette année, mon unique cadeau de Noël vient de Papa-Longues-Jambes ; ma famille m'envoie simplement son affection.

Ces vacances avec Sallie sont les plus délicieuses qui soient. Elle habite une vaste demeure ancienne en brique entourée de bordures blanches et située un peu en retrait de la rue – tout à fait le genre de maison qui m'intriguait quand j'étais au Foyer John Grier et dont je me demandais avec curiosité, à quoi pouvait bien ressembler l'intérieur. Jamais je n'aurais imaginé qu'un jour je pourrais y pénétrer : et pourtant m'y voilà ! Tout est si confortable, paisible, familier. Je vais de chambre en chambre en humant l'air avec délices et en admirant tout ce qui m'entoure.

C'est la maison idéale où tout enfant rêve de grandir. Il y a des tas de recoins pour jouer à cache-cache, des cheminées conçues tout exprès pour griller du pop-corn, un grenier où s'ébattre les jours de pluie, des rampes d'escalier bien glissantes qui se terminent par un bouton suffisamment plat pour s'arrêter à temps, et une immense cuisine pleine de soleil avec une cuisinière avenante, à face ronde et réjouie, qui vit avec la famille depuis treize ans et qui a toujours de côté un morceau de pâte à la disposition des enfants qui veulent jouer au pâtissier. La seule vue d'une maison de ce genre suffit à vous donner envie de redevenir enfant.

Et quant à la famille ! Je n'aurais jamais cru que cela pût être si merveilleux. Sallie a un père, une mère, une grand-mère, la plus douce petite sœur qui soit – un angelot de trois ans, toute bouclée –, un frère d'âge moyen qui oublie toujours d'essuyer ses pieds en rentrant, et un grand frère charmant, appelé Jimmie, qui est en troisième année à Princeton.

Les repas sont très gais – chacun parle, plaisante et rit à la fois et nous n'avons pas besoin de rendre grâce à l'avance pour ce que nous mangeons. C'est un soulagement pour moi de ne pas avoir à remercier entre chaque bouchée. (J'exagère très certainement, mais vous feriez de même si l'on vous avait obligé – comme je l'ai été – à réciter autant de bénédicités.)

Tant d'événements ont eu lieu que je ne sais par où commencer mon récit. Mr. McBride est propriétaire d'une usine, et la veille de Noël il a organisé une petite fête avec un sapin de Noël pour les enfants de ses employés. Cela s'est passé dans le grand hall des expéditions, décoré de plantes vertes et de houx. Jimmie McBride était habillé en père Noël et Sallie et moi l'avons aidé à distribuer les cadeaux.

Je vous assure, Papa, que cela m'a fait une drôle d'impression ! Pendant quelques instants, je me suis sentie aussi généreuse qu'un bienfaiteur du Foyer John Grier. J'ai embrassé un adorable petit garçon tout poisseux, mais je ne me suis pas risquée à caresser aucune de ces têtes charmantes du revers de la main !

Et deux jours après Noël, on a donné un bal à la maison EN MON HONNEUR.

C'était mon premier vrai bal (au collège, cela ne compte pas, car nous dansions entre filles). Je portais ma nouvelle robe du soir blanche (votre cadeau de Noël – encore mille mercis), de longs gants blancs et des escarpins en satin blanc.

La seule ombre au tableau sur ce bonheur parfait, total, absolu, c'est que Mrs. Lippett n'ait pas pu me voir mener le cotillon au bras de Jimmie McBride. Faites-le-lui savoir, s'il vous plaît, lors de votre prochaine visite au Foyer John Grier.

Votre toujours dévouée,

Judy Abbott

P.-S. Seriez-vous terriblement déçu, Papa, si, pour finir, je ne devenais pas un grand écrivain mais restais une simple jeune fille ?

Samedi, 6 h 30

Cher Papa,

Nous avions l'intention d'aller en ville aujourd'hui, mais, Seigneur ! quelle pluie ! J'aime que l'hiver soit l'hiver avec de la neige au lieu de pluie.

L'oncle bien-aimé de Julia est passé à nouveau cet après-midi – il est arrivé avec une boîte d'au moins cinq livres de chocolat. Vous voyez qu'il y a des avantages à fréquenter Julia.

Notre innocent babillage a paru l'amuser suffisamment pour qu'il décide de rater son train et de prendre le thé en notre compagnie. Mais que de difficultés pour obtenir la permission ! Ce n'est déjà pas facile d'inviter un père ou un grand-père, mais un oncle, c'est encore plus délicat ; quant aux frères et aux cousins, il n'y faut même pas songer. Julia a dû prêter serment pardevant notaire qu'il était bien son oncle et produire en outre le certificat du clerc du district (vous voyez que je connais bien la loi !). Et même alors, je crois que si le doyen avait par hasard remarqué l'allure jeune et séduisante d'oncle Jervie, nous aurions dû renoncer à notre thé.

Nous avons fini par le prendre, accompagné de pain bis et de fromage suisse. L'oncle nous a d'abord aidées à préparer les sandwiches, puis il en a mangé quatre d'affilée. Je lui ai raconté mon séjour de l'été dernier à Lock Willow et nous avons eu une longue conversation à propos des Semple, des chevaux, des vaches et des poules. Tous les chevaux qu'il connaissait sont morts depuis, à l'exception de Grover qui était un jeune poulain à l'époque de sa dernière visite – maintenant, le pauvre Grove est si vieux qu'il peut à peine se traîner jusqu'au pâturage.

Il m'a demandé si l'on gardait toujours les beignets dans le pot en terre jaune recouvert d'une assiette bleue, qui se trouve sur la dernière étagère du garde-manger – eh oui, il y en a toujours ! Il voulait savoir s'il y a encore un nid de marmotte caché sous l'amas de pierres dans un coin du pré – eh oui, il est encore là ! Amasai en a même attrapé une, cet été, une marmotte grasse et dodue au pelage gris, la vingt-cinquième arrière-petite-fille de celle que Mr. Jervie a dû attraper quand il était petit garçon.

Je l'ai appelé « Monsieur Jervie », mais il n'a pas semblé être insulté. Julia dit qu'elle l'avait rarement vu aussi aimable : il est d'habitude d'un caractère plutôt insociable. Il faut dire que Julia n'a pas le moindre tact et il en faut beaucoup, me semble-t-il, avec les hommes. Ils ronronnent si vous les prenez dans le sens du poil mais ils se rebiffent si vous faites le contraire. (Ce n'est pas une métaphore très élégante, mais une simple image.)

Nous lisons en ce moment le *Journal* de Marie Bashkirtseff. N'est-ce pas un livre étonnant ? Écoutez plutôt : « La nuit dernière, j'eus un tel accès de désespoir qu'il me jeta dans des gémissements sans fin pour finalement me pousser à jeter la pendule de la salle à manger dans la mer. »

Cela me ferait presque souhaiter de ne pas être un génie. Ce doit être épuisant pour l'entourage et terriblement dangereux pour le mobilier.

Mon Dieu ! Comme il pleut ! Il nous faudra atteindre la chapelle à la nage, ce soir, si ça continue.

Votre dévouée,

Judy

20 janvier

Cher Papa-Longues-Jambes,

N'avez-vous pas eu une adorable petite fille que l'on aurait arrachée encore tout bébé à son berceau ? C'est peut-être moi ! Et si la vie était un roman, ceci en serait le dénouement, n'est-ce pas ?

C'est une sensation bien étrange de ne pas savoir qui l'on est vraiment – une sensation à la fois exaltante et romantique. Un tas de possibilités s'offrent à vous. Peut-être ne suis-je pas américaine : il y a un tas de gens qui ne le sont pas. Je descends peut-être de nos ancêtres, les Romains ; peut-être suis-je une fille de Viking ou bien l'enfant d'un couple de réfugiés russes, auquel cas j'appartiendrais à une prison sibérienne ; peut-être suis-je une bohémienne. J'ai un esprit très vagabond, bien que je n'aie pas eu beaucoup l'occasion jusqu'ici de lui lâcher la bride.

Un gros scandale a entaché ma réputation. Le connaissez-vous ? C'est la fugue que j'ai faite lorsqu'on m'a punie pour avoir volé des gâteaux. Elle est consignée dans le registre de l'orphelinat et n'importe quel membre bienfaiteur peut en prendre connaissance. Mais, soyons francs, Papa, que pouvez-vous attendre d'autre quand vous laissez une petite fille de neuf ans, affamée, dans l'office, à côté de la boîte de biscuits, avec ordre de récurer les couteaux et que vous revenez subrepticement quelques minutes plus tard pour la prendre sur le fait ? Qu'alors, vous la saisissez par le bras, que vous la giflez, que vous lui ordonnez de quitter la table au dessert en disant devant tous les enfants que c'est une voleuse ? Après tout cela, n'est-il pas naturel qu'elle cherche à s'enfuir ?

Je n'avais pas fait six kilomètres qu'on me rattrapa et qu'on me ramena à l'orphelinat. Et là, pendant toute une semaine, on m'attacha à un poteau dans la cour, comme un petit chien, quand les autres enfants étaient en récréation.

Oh, mon Dieu ! la cloche de la chapelle ! et, après la chapelle, j'ai une réunion. Je suis vraiment désolée. J'avais l'intention de vous écrire cette fois une lettre particulièrement divertissante.

Auf Wiedersehen
Cher Papa
Pax tibi !

Judy

P.-S. Il y a une chose dont je suis vraiment sûre : je ne suis pas une Chinoise.

4 février

Cher Papa-Longues-Jambes,

Jimmie McBride m'a envoyé une bannière de Princeton qui occupe tout une moitié de la pièce ; je lui suis très reconnaissante pour son cadeau mais je n'ai pas la moindre idée de ce que je vais en faire. Sallie et Julia ne me permettront jamais de la suspendre ici. Notre studio cette année est décoré en rouge et vous imaginez l'effet que ferait une bannière orange et noir. Comme c'est une feutrine douce, épaisse et de bonne qualité, il est hors de question que je la jette. Serait-ce très déplacé d'en faire un peignoir de bain ? Le mien a rétréci au lavage.

J'ai omis dernièrement de vous dire ce que j'étudie, mais, bien qu'il soit assez difficile d'en juger par mes lettres, mon temps est presque entièrement consacré à l'étude. Ce n'est pas une mince affaire que de s'instruire dans cinq disciplines à la fois.

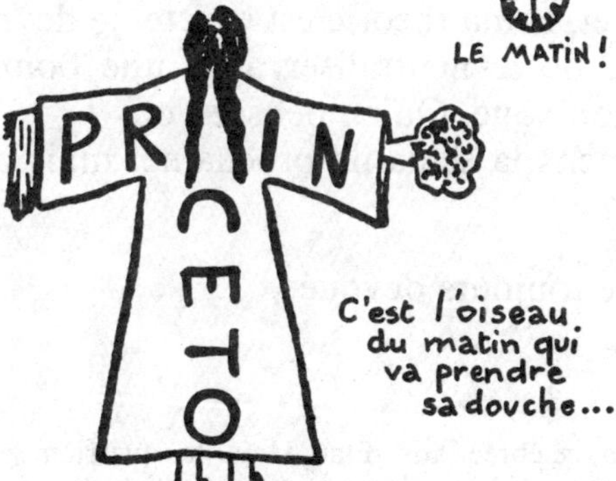

« La marque d'un vrai savoir, dit notre professeur de chimie, c'est l'amour exclusif du détail. »

De son côté, voici ce que nous dit le professeur d'histoire : « Ne vous noyez pas dans les détails. Prenez vos distances pour avoir une vue générale de l'ensemble... »

Vous pouvez juger d'après cela, avec quelles précautions nous devons naviguer entre la chimie et l'histoire. J'ai une préférence pour la méthode historique et voici pourquoi : si j'affirme que Guillaume le Conquérant a débarqué en 1492 et que Christophe Colomb a découvert l'Amérique en 1100 ou en 1066, ou à n'importe quelle date, c'est un simple détail et je sais que le professeur ne s'en formalisera pas. Cela me donne, pendant les leçons d'histoire, un sentiment de confort et de sécurité qui fait totalement défaut aux leçons de chimie.

La cloche de 6 heures – je dois aller au laboratoire pour me livrer à une petite expérience à base d'acides, de sels et d'alcalins. J'ai fait un trou large comme une assiette en plein milieu de mon tablier de chimiste avec de l'acide chlorydrique et, si ma théorie est exacte, je devrais être capable de le neutraliser avec une bonne dose d'ammoniaque. Qu'en pensez-vous ?

Examens la semaine prochaine, mais qui s'en soucie ?

Votre toujours dévouée.

Judy

1. Fête célébrée aux États-Unis le quatrième jeudi de novembre, considéré comme un jour d'action de grâces.

5 mars

Cher Papa-Longues-Jambes,

Le vent de mars souffle fort et pousse dans le ciel de gros nuages noirs. Le cri des corneilles dans les pins est assourdissant. C'est un appel pressant, enivrant et qui vous invite à fermer vos livres et à courir vers les collines avec le vent.

Samedi dernier, nous avons fait un jeu de piste à travers huit kilomètres de champs bourbeux. Le renard, représenté par trois filles et un plein boisseau de confettis, a démarré une demi-heure avant les vingt-sept chasseurs. J'étais l'un d'entre eux. Comme nous en avons perdu huit en cours de route, nous étions dix-neuf à l'arrivée. La piste nous a fait traverser une colline, un champ de maïs, puis un marécage. Là, nous avons dû sauter de tertre en tertre, le plus légèrement possible, pour éviter de tomber. Bien entendu, nous nous y sommes, pour la plupart, enfoncées jusqu'aux chevilles. Nous avons perdu la piste et pataugé vingt-cinq minutes dans ce bourbier ; puis, nous l'avons retrouvée : une nouvelle colline, un petit bois et la voilà qui nous mène à la fenêtre d'une étable ! Les portes en étaient verrouillées et la fenêtre très haute et très étroite. J'ai trouvé que c'était un peu malhonnête, n'est-ce pas ? Mais nous ne sommes pas entrées ; nous nous sommes contentées de faire le tour de l'étable pour rattraper la piste plus bas, à sa sortie sur le toit d'un appentis et nous l'avons ensuite suivie par-dessus la barrière. Le renard croyait sans doute nous avoir déroutées mais c'est nous qui l'avons dupé.

Encore trois kilomètres de prairie à dévaler sur un parcours assez dur à suivre car les confettis étaient de plus en plus espacés. La règle veut qu'ils se suivent à moins de six pieds d'intervalle, mais c'était bien les six pieds les plus longs que j'ai jamais vus. Enfin, après deux heures de course ininterrompue, nous avons débusqué Messire Renard qui s'était réfugié dans la cuisine de Crystal Spring (c'est une ferme où les filles se rendent en patins ou en charrettes à foin pour souper de poulet et de gaufres). Nous avons trouvé nos trois renards attablés paisiblement devant un bol de lait, du miel et des biscuits. Ils ne s'attendaient pas du tout à nous voir et croyaient que nous avions perdu la piste à la fenêtre de l'étable.

Chacune des équipes se proclamait gagnante et, pour ma part, je crois bien que c'était nous, puisque nous les avons rattrapées avant qu'elles ne rejoignent le campus. Quoi qu'il en soit, nous voilà toutes les dix-neuf dans la cuisine, perchées ici et là comme des sauterelles, en train de réclamer à grands cris le miel et la victoire. Comme il n'y en avait pas suffisamment pour tout le groupe, Mrs. Crystal Spring (c'est le surnom que nous lui avons donné ; son vrai nom est Johnson) a apporté un bocal de confiture de fraises et une boîte de sirop d'érable – tout frais de la semaine dernière – avec trois miches de pain bis.

Nous ne sommes rentrées à l'université qu'à 6 heures et demie, avec une demi-heure de retard pour le dîner et nous sommes allées droit à la salle à manger sans changer de vêtements, avec des appétits encore féroces ! Mais nous avons cru pouvoir nous dispenser de chapelle, l'état de nos chaussures nous étant une excuse suffisante.

Je ne vous ai pas encore parlé de mes examens. J'ai tout réussi avec la plus grande facilité – je connais le secret maintenant et je n'échouerai jamais plus. Mais je n'ai pas obtenu de mention spéciale à cause de ce fichu thème latin et de ma géométrie de l'an dernier. Tant pis. Qu'est-ce que ça peut bien faire, du moment qu'on est heureux ? (Ceci est une citation tirée de mes classiques.)

A propos de classiques, avez-vous déjà lu *Hamlet ?* Sinon, lisez-le sur-le-champ. C'est une pièce vraiment épatante. J'avais toujours entendu parler de Shakespeare mais je ne croyais pas qu'il écrivait si bien ; je le soupçonnais de vivre sur sa réputation.

Depuis que j'ai appris à lire, j'ai inventé un bien joli jeu ; je m'endors chaque soir en me persuadant que je suis l'héroïne (ou du moins le personnage le plus important) du livre que je suis en train de lire.

A présent, je suis Ophélie – ô une Ophélie pleine de bon sens ! Je passe mon temps à distraire Hamlet. Je le câline, je le gronde, je veille à ce qu'il mette son écharpe dès qu'il fait froid. Je l'ai complètement guéri de sa mélancolie. Le roi et la reine sont morts tous deux lors d'un naufrage en mer – ce qui nous a dispensés des funérailles. Maintenant Hamlet et moi régnons en maîtres sur le royaume du Danemark. Nous nous en sortons magnifiquement. Lui s'occupe du gouvernement et moi des œuvres de bienfaisance. Je viens tout juste de fonder quelques orphelinats de premier ordre. Si l'un des membres bienfaiteurs ou vous-même souhaitez les visiter, je serais ravie de vous servir de guide. Je pense que vous pourriez y récolter de nombreuses idées tout à fait intéressantes.

Je reste, Monseigneur,
Votre très gracieuse

Ophélie,
reine du Danemark

24 mars
peut-être le 25

Cher Papa-Longues-Jambes,

Je ne crois pas que j'irai au ciel – j'obtiens tout ce que je peux désirer ici-bas ; ce ne serait donc pas juste de l'avoir une seconde fois ! Écoutez plutôt :

Jerusha Abbott a gagné le concours de la nouvelle (un prix de vingt-cinq dollars) organisé chaque année par *Le Mensuel*. Elle, une sophomore, alors que la plupart des concurrentes sont des seniors ! Quand j'ai vu mon nom affiché, je ne pouvais pas le croire. Allons, je serai peut-être écrivain, après tout ! Dommage que Mrs. Lippett m'ait donné un nom si ridicule – mais il sonne assez bien pour un nom d'auteur, ne trouvez-vous pas ?

J'ai aussi été choisie pour jouer dans la représentation théâtrale de cette saison. Nous jouerons en plein air *Comme il vous plaira* et je serai Celia, la propre cousine de Rosalinde.

Et voici la dernière nouvelle : Julia, Sallie et moi-même, allons à New York vendredi prochain pour faire quelques emplettes de printemps. Nous y resterons la nuit et nous irons au théâtre le lendemain avec « Monsieur Jervie » qui nous a invitées. Julia logera dans sa famille mais Sallie et moi nous arrêterons à l'hôtel Martha Washington. N'est-ce pas une perspective exaltante ? De toute ma vie, je n'ai jamais mis les pieds dans un hôtel, encore moins au théâtre ; une fois exceptée, quand l'église catholique a organisé une fête et invité les orphelins, mais ce n'était pas une vraie pièce et donc cela ne compte pas.

Et savez-vous ce que nous allons voir ? *Hamlet*. N'est-ce pas incroyable ! Nous l'avons étudié pendant quatre semaines au cours sur Shakespeare et je le sais par cœur.

Je suis si excitée par tous ces projets que je peux à peine dormir.

A bientôt, cher Papa.

Le monde est follement amusant.

Votre toujours dévouée,

Judy

P.S. Je viens de consulter le calendrier. Nous sommes le 28.

Un autre post-scriptum

J'ai vu aujourd'hui un conducteur de tramway, avec un œil brun et un œil bleu. Ne ferait-il pas un beau scélérat de roman policier ?

7 avril

Cher Papa-Longues-Jambes,

Seigneur ! Que New York est grand ! Worcester n'est rien en comparaison. Est-ce vrai que vous vivez dans un tel charivari ? Je crois que je mettrai des mois pour retrouver mes esprits après ces deux jours. Je ne sais par où commencer pour vous raconter toutes les choses étonnantes que j'ai vues ; vous les connaissez d'ailleurs déjà, puisque c'est là que vous vivez.

Que d'animation dans les rues ! Et les gens ! Les boutiques ! Je n'ai jamais vu tant de jolis vêtements exposés à la fois. On passerait sa vie à choisir des robes, ici !

Sallie, Julia et moi sommes sorties ensemble samedi matin pour faire du *shopping*. Julia est entrée dans l'endroit le plus somptueux que j'ai jamais vu : murs blanc et or, tapis bleus, tentures de soie bleue et chaises dorées. Une dame parfaitement belle, à la chevelure blonde et vêtue d'une longue robe à traîne de soie noire s'est avancée à notre rencontre avec un sourire accueillant. J'ai cru que nous étions en visite et j'étais sur le point de lui tendre la main pour la saluer, mais il paraît que nous étions là dans le seul but d'acheter des chapeaux. Tout au moins Julia. Assise devant un miroir, elle en a essayé une douzaine, plus jolis les uns que les autres, et a acheté les deux plus jolis du lot.

Je ne peux imaginer de plus grande joie dans la vie que de s'asseoir devant un miroir et d'acheter tous les chapeaux qui vous plaisent sans avoir à en considérer le prix ! Il ne fait aucun doute, Papa, que New York aurait vite fait de ruiner le caractère noble et stoïque que le Foyer John Grier a si patiemment forgé.

Nos courses terminées, nous avons retrouvé Monsieur Jervie au Sherry's. Avez-vous déjà été au Sherry's, Papa ? Eh bien, représentez-vous le Sherry's et ensuite pensez au réfectoire du Foyer John Grier avec ses toiles cirées et sa vaisselle blanche incassable, ses couteaux et fourchettes à manches de bois et vous comprendrez ce que je pouvais ressentir.

J'ai mangé mon poisson avec la mauvaise fourchette mais le garçon, très gentiment, m'en a donné une autre, de sorte que personne ne s'en est aperçu.

Après le déjeuner, nous sommes allés au théâtre – c'était éblouissant, extraordinaire, incroyable. Depuis, j'en rêve chaque nuit.

Shakespeare n'est-il pas merveilleux ?

Hamlet est tellement mieux sur scène que quand nous l'étudions en classe ; je l'appréciais déjà, mais maintenant, ô mon Dieu !

Je crois – si vous n'y voyez pas d'inconvénient – que je préférerais être actrice plutôt qu'écrivain. Me laisseriez-vous quitter l'université pour entrer dans une école d'art dramatique ? Je vous enverrais une place de loge à chaque représentation, et vous sourirais à travers les feux de la rampe. Seulement, s'il vous plaît, il vous faudra porter une rose rouge à la boutonnière pour que je sois sûre de vous reconnaître : ce serait terriblement embarrassant si je me trompais.

Nous sommes rentrées samedi soir et nous avons dîné dans le train à de petites tables, avec des lampes à abat-jour rose et des serveurs noirs. J'ignorais que l'on pouvait servir des repas dans les trains et j'en ai fait la remarque étourdiment.

– Mais où donc as-tu été élevée ? m'a dit Julia.

– Dans un village, lui ai-je répondu timidement.

– Mais n'as-tu jamais voyagé ?

– Non, pas avant de venir à l'université et même alors, la distance n'étant que de deux cents kilomètres, nous n'avons pas mangé.

Julia me trouve assez amusante, à cause de toutes les choses étranges que je dis parfois. J'essaie vraiment de m'en empêcher, mais elles m'échappent chaque fois que je suis surprise, ce qui m'arrive tout le temps. C'est une expérience étourdissante, Papa, d'avoir passé dix-huit ans au Foyer John Grier, puis de se retrouver plongée dans le MONDE.

Mais je commence à m'acclimater. Je fais moins de gaffes qu'auparavant et je me sens à l'aise avec les autres filles. Autrefois j'étais au supplice, dès qu'on me regardait. J'avais l'impression que les gens pouvaient deviner, à travers mes vêtements neufs, les carreaux vichy de mes vieilles robes. Mais les carreaux vichy ne me troublent plus désormais et le mal qu'ils m'ont fait appartient au passé.

J'ai oublié de vous parler des fleurs que Monsieur Jervie nous a offertes : un gros bouquet de muguet et de violettes à chacune. N'est-ce pas délicat de sa part ? Je ne m'étais jamais souciée des hommes jusqu'alors – si j'en juge par mon intérêt pour les bienfaiteurs – mais je suis en train de changer d'avis.

Onze pages – ça, c'est une lettre ! Courage, je vais m'arrêter là.

Votre toujours dévouée,

Judy

10 avril

Cher Monsieur l'Homme-Riche,

Ci-joint votre chèque de cinquante dollars. Je vous remercie beaucoup, mais je ne crois pas pouvoir l'accepter. Ma pension suffit à m'offrir tous les chapeaux dont j'ai envie et je suis désolée de vous avoir écrit toutes ces sottises à propos de la boutique de mode ; c'est tout simplement parce que je n'avais jamais rien vu de tel auparavant ; mais je ne mendiais pas, je vous assure ! Et je n'accepterai pas plus de charité qu'il ne m'est nécessaire.

Meilleurs sentiments,

Jerusha Abbott

11 avril

Très cher Papa,

Voulez-vous me pardonner pour la lettre que je vous ai adressée hier ? J'ai essayé de la rattraper mais ce stupide postier n'a rien voulu savoir.

Je vous écris au milieu de la nuit. Je ne peux pas dormir et j'ai passé des heures à méditer sur le ver de terre que je suis – un ver du genre mille-pattes, le pire qu'on puisse trouver ! J'ai fermé avec précaution la porte du studio pour ne pas réveiller Julia et Sallie. Je suis assise dans mon lit et j'ai déchiré une page de mon cahier d'histoire pour vous écrire.

Je voulais simplement vous dire combien je regrette d'avoir été si impolie à propos de votre chèque. Je sais que vous l'avez envoyé par gentillesse et je pense que vous êtes trop bon de vous être donné tout ce mal pour une bêtise comme un chapeau. Mais j'aurais dû vous le renvoyer d'une façon plus courtoise.

Dans tous les cas, je devais vous le renvoyer. Je me sens différente des autres filles. Elles peuvent accepter naturellement ce qu'on leur offre, car elles ont des pères, des frères, des tantes et des oncles ; mais, en ce qui me concerne, je n'ai ce genre de relation avec personne. J'aime bien me dire que vous êtes mon père, mais c'est un simple jeu et je sais bien qu'en réalité ce n'est pas vrai. Je suis seule, vraiment seule, le dos au mur pour affronter le monde et je suffoque rien que d'y penser. Je chasse ces idées sombres et je continue à faire semblant ; mais comprenez-vous, Papa ? Il m'est impossible d'accepter plus d'argent qu'il ne m'est nécessaire, parce qu'un jour prochain je sentirai le besoin de vous le rendre et que même si je devenais un grand écrivain, je ne pourrais jamais faire face à une dette aussi formidable.

J'aime bien les jolis chapeaux et autres bagatelles mais je ne dois pas hypothéquer mon avenir pour ces futilités.

Vous me pardonnez, n'est-ce pas ? d'avoir été si grossière ; j'ai la détestable habitude d'écrire des lettres sous le coup d'une émotion, puis de les regretter ensuite, quand il est trop tard. Mais si je vous semble parfois ingrate et bornée, ce n'est pas tout à fait la vérité. Dans mon cœur, je vous suis très reconnaissante pour l'existence, la liberté et l'indépendance que vous m'avez données. Mon enfance n'a été qu'une longue période de tristesse et de révolte contenues, et je me sens si heureuse, à présent, à chaque minute de la journée, que j'ai peine à y croire. J'ai vraiment l'impression d'être l'héroïne d'un conte de fées.

Il est 2 heures et quart. Je vais sortir sur la pointe des pieds pour glisser cette lettre dans la boîte. Ainsi, vous la recevrez au prochain courrier, juste après l'autre, et vous ne m'en voudrez pas longtemps.

Bonne nuit, Papa,
Je vous aime tendrement,

Judy

4 mai

Cher Papa-Longues-Jambes,

Grande journée de compétition samedi dernier. Très spectaculaire. Cela a commencé par un défilé de toutes les classes : tout le monde en blanc, les seniors portant des ombrelles japonaises bleu et or et les juniors des bannières blanc et jaune. Notre classe arborait des ballons rouge vif d'un très joli effet – surtout quand ils s'échappaient pour flotter au-dessus de nos têtes – tandis que les nouvelles avaient des chapeaux en papier vert ornés de longs serpentins. Il y avait aussi un orchestre avec des musiciens en uniforme bleu, loué en ville pour l'occasion. Enfin une douzaine de joyeux drilles – un peu comme des clowns de cirque – pour divertir le public entre les différentes épreuves sportives.

Julia, déguisée en un gros paysan moustachu, dans une blouse dépenaillée qui sentait la poussière, brandissait un parapluie trop large. Patsy Moriarty (de son vrai nom, Patricia. Avez-vous déjà entendu un nom pareil ? Mrs. Lippett n'aurait pas trouvé mieux) qui est longue et mince, était la femme de Julia et portait un ridicule béguin vert juché sur le coin de l'oreille. Des tempêtes de rires saluaient leur passage. Julia jouait son rôle à la perfection. Je n'aurais jamais cru qu'une Pendleton puisse montrer tant de talent comique. J'en demande humblement pardon à Monsieur Jervie, quoique je ne le considère pas comme un vrai Pendleton – pas plus que je ne vous considère, Papa, comme un vrai membre bienfaiteur.

Sallie et moi n'étions pas dans le défilé car nous participions aux épreuves. Et maintenant devinez ! Nous avons gagné toutes les deux ! Au moins dans une épreuve chacune. Nous avons raté le saut en longueur mais Sallie a remporté le saut à la perche (deux mètres vingt) et moi-même, le sprint du cinquante mètres (en huit secondes).

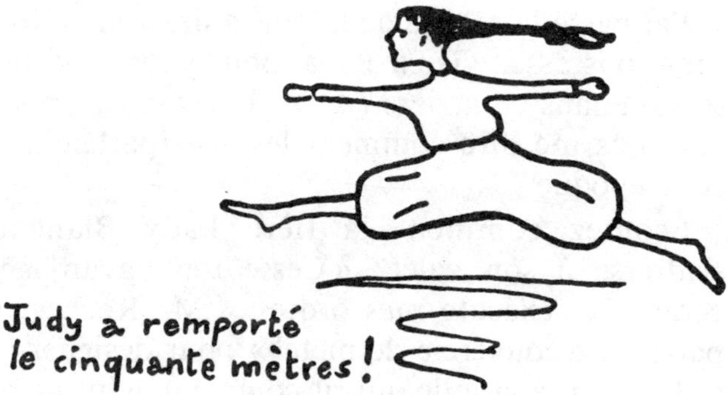

J'étais très essoufflée vers la fin, mais c'était très amusant ; toute la classe faisait voltiger les ballons et m'encourageait en criant à tue-tête :

Qu'arrive-t-il à Judy Abbott ?
Elle est très chouette.
Qui est très chouette ?
Judy Abbott !

Ça, Papa, c'était la gloire ! Puis, retour au vestiaire et là, on vous frictionne à l'alcool en vous donnant un citron à sucer. Comme vous voyez, nous sommes de vraies professionnelles ! C'est vraiment chic de remporter une victoire pour sa classe car la classe qui en réunit le plus est celle qui gagne la coupe du championnat sportif en fin d'année. Les seniors ont gagné cette année avec sept victoires à leur actif. L'association sportive a organisé un dîner dans le gymnase pour toutes les championnes. Nous avons mangé du crabe frit et de la glace au chocolat en forme de ballons de basket.

J'ai passé la moitié de la nuit à lire *Jane Eyre.* Êtes-vous assez vieux, Papa, pour vous reporter soixante ans en arrière ? Et si tel est le cas, pouvez-vous me dire comment les gens parlaient à cette époque ?

Écoutez comment la fière Lady Blanche s'adresse à son valet : « Cesse ton bavardage, coquin, et exécute mes ordres. » Mr. Rochester parle du « couvercle de métal » pour désigner le ciel ; quant à la folle qui rit comme une hyène et met le feu aux rideaux du lit, déchire le voile de la mariée et « mord à belles dents », c'est du plus pur mélodrame, mais qu'importe : on lit, on lit et on lit. Je n'arrive pas à comprendre comment une simple jeune fille a pu écrire un tel livre, surtout une fille qui a été élevée dans un presbytère. Il y a quelque chose qui me fascine chez ces sœurs Brontë. Leurs livres, leur vie, leur imagination. Où l'ont-elle puisée ? Quand je lisais les malheurs de la petite Jane à l'école de charité, cela m'a mise si en colère que j'ai dû sortir faire une promenade. Je savais exactement ce qu'elle ressentait. Ayant connu Mrs. Lippett, je pouvais me représenter Mr. Brocklehurst.

Ne soyez pas choqué, Papa. Je ne veux pas dire que le Foyer John Grier ressemble à l'institution Lowood. Nous avions, quant à nous, suffisamment à manger, assez de vêtements, assez d'eau pour nous laver et une chaudière à la cave. Mais il y a un terrible point commun : nos vies se déroulaient d'une façon absolument identique et sans le moindre incident. Il n'arrivait jamais rien d'agréable à l'exception des glaces du dimanche – et cela même revenait avec une régularité désespérante. Au cours des dix-huit années que j'y ai passées, j'ai connu comme unique aventure l'incendie du tas de bois. Nous avons dû nous lever en pleine nuit et nous habiller pour être prêts à sortir au cas où le feu gagnerait la maison. Mais cela n'a pas eu lieu et nous sommes retournés nous coucher.

Tout être humain aime les surprises ; c'est un besoin naturel. Mais je n'en ai jamais eu jusqu'au jour où Mrs. Lippett m'a fait appeler au bureau pour me dire que Mr. John Smith allait m'envoyer à l'université. Et même alors, elle m'a appris la nouvelle si graduellement qu'elle a presque gâché tout l'effet de surprise.

Vous savez, Papa, je crois que la qualité qui nous est la plus nécessaire, c'est l'imagination. Elle seule permet de se mettre à la place des autres. Elle seule rend les gens aimables, ouverts et compréhensifs. C'est la qualité qu'il faut développer chez les enfants. Mais le Foyer John Grier étouffait instantanément dès son apparition la moindre lueur d'imagination. La seule qualité que l'on encourageât était le sens du devoir. Or je ne crois pas que c'est un mot dont on devrait enseigner le sens aux enfants. C'est un terme odieux, haïssable. On ne devrait rien faire que par amour.

Attendez de voir l'orphelinat que je dirigerai plus tard ! C'est mon jeu favori, le soir, avant de m'endormir. J'en dresse le plan dans les moindres détails : les repas, les vêtements, les études, les distractions et même les punitions – car les meilleurs de nos orphelins en méritent parfois.

Mais, dans tous les cas, je veillerai à ce que les enfants soient heureux. Je pense que chacun, quels que soient les ennuis qu'il ait par la suite dans sa vie d'adulte, devrait avoir une enfance heureuse vers laquelle il puisse se retourner pour puiser de bons souvenirs. Et si, plus tard, j'ai des enfants, j'essaierai – même si je suis malheureuse – de leur éviter tous soucis jusqu'à ce qu'ils grandissent.

(Voilà la cloche de la chapelle – je finirai ma lettre plus tard.)

Jeudi

Cet après-midi, en rentrant du laboratoire, j'ai trouvé un écureuil assis sur la table du goûter, en train de grignoter les amandes. C'est le genre de visiteurs que nous avons en cette saison, quand il fait beau et que nos fenêtres sont ouvertes.

Samedi matin

Peut-être pensez-vous qu'hier au soir étant vendredi – la veille du week-end – je passerais une soirée calme et tranquille, à lire les œuvres de Stevenson que j'ai achetées récemment avec l'argent de mon prix ? Mais c'est que vous n'avez jamais mis les pieds dans une université de filles, mon cher Papa. Six amies ont débarqué ici pour faire du caramel et l'une d'elles en a renversé – alors qu'il était encore liquide – en plein milieu de notre plus belle carpette. Nous ne pourrons jamais plus la nettoyer correctement.

Je n'ai pas fait allusion à mes cours dernièrement ; pourtant, ils continuent d'avoir lieu. Mais c'est une sorte de détente pour moi que de les laisser de côté et de discuter avec vous de la vie en général – une discussion plutôt à sens unique, en ce qui nous concerne, mais à qui la faute ? A tout moment, votre réponse sera la bienvenue.

Je n'ai pas cessé d'interrompre et de reprendre cette lettre trois jours durant et elle s'est allongée démesurément, j'en ai peur. Et de ce fait, *vous êtes bien* [1] ennuyé !

Je vous salue, Monsieur le gentil Homme.

Judy

M. Papa-Longues-Jambes Smith,

Monsieur : je viens de terminer mon apprentissage de la logique. J'ai appris comment soutenir une thèse en trois points distincts et j'ai décidé d'adopter cette nouvelle formule pour vous écrire. Ma lettre se contentera donc d'énoncer les faits sans verbiage superflu.

I. Nous avons eu interrogation écrite cette semaine en :
   A. Chimie
   B. Histoire

1. En français dans cette lettre.

II. On construit un nouveau dortoir.

A. Le matériau utilisé est :

a) la brique rouge

b) la pierre grise

B. Il devra abriter :

a) un doyen, cinq maîtres-assistants, deux cents filles

c) une intendante, trois cuisiniers, vingt serveuses, vingt femmes de chambre

III. Nous avons eu du lait caillé comme dessert ce soir.

IV. Je prépare un exposé sur les sources du théâtre de Shakespeare.

V. Lou McMahon a glissé cet après-midi en jouant au basket. Elle :

A. S'est démis l'épaule

B. S'est fait un bleu au genou.

VI. J'ai un nouveau chapeau avec :

A. Un ruban de velours bleu

B. Deux plumes bleues

C. Trois pompons rouges

VII. Il est 9 heures et demie.

VIII. Bonne nuit.

Judy

21 juin

Cher Papa-Longues-Jambes,

Vous ne devinerez jamais la chose merveilleuse qui m'arrive : les McBride m'ont invitée à passer l'été dans leur camp des Adirondacks ! Ils appartiennent à une sorte de club situé sur les bords d'un adorable petit lac au milieu des bois. Les membres du club logent dans des maisons en rondins, disséminées çà et là parmi les arbres. Ils font du canoë sur le lac et de longues promenades sur les chemins de piste qui relient les différents camps entre eux. Une fois par semaine, tout le monde se réunit pour danser au club – Jimmie McBride a invité un de ses amis de l'université une partie de l'été, et comme vous voyez, nous ne manquerons pas de partenaires.

N'est-ce pas très aimable de la part de Mrs. McBride de m'avoir invitée ? Probablement, j'ai dû lui plaire quand j'étais chez eux à Noël.

Je vous prie de me pardonner d'être si brève. En fait, il ne s'agit pas d'une vraie lettre mais d'un simple mot pour vous faire savoir que la question de mes vacances est réglée.

Affectueusement vôtre, et dans un *très* heureux état d'esprit,

Judy

5 juin

Cher Papa-Longues-Jambes,

Votre secrétaire vient de m'écrire que Mr. Smith préfère que je n'accepte pas l'invitation de Mrs. McBride mais que je retourne à Lock Willow, comme l'été dernier.

Pourquoi, pourquoi, *pourquoi,* Papa ?

Vous n'avez pas bien compris. Mrs. McBride souhaite réellement que je vienne chez eux. Je ne leur causerai pas la moindre gêne ; au contraire, je peux les aider. Ils n'emmènent pas beaucoup de domestiques et Sallie et moi pourrons être très utiles dans certaines tâches ménagères. De plus, c'est une belle occasion, en ce qui me concerne, d'apprendre à tenir une maison. C'est une chose que chaque femme devrait savoir et, jusqu'à présent, je sais seulement comment tenir un orphelinat.

Il n'y aura pas beaucoup de filles de notre âge au camp et Mrs. McBride est contente que je tienne compagnie à Sallie. Nous avons l'intention de lire tout notre programme de l'année prochaine en anglais et en sociologie. Le professeur a dit que cela nous avancerait beaucoup et c'est tellement plus facile de se rappeler des ouvrages quand on les lit et qu'on en parle ensemble.

Le seul fait de vivre dans la même maison que la mère de Sallie est en soi une éducation. C'est la femme la plus intéressante, la plus amusante, la plus charmante du monde et la plus agréable compagnie qui soit. Elle sait tout. Pensez au nombre d'étés que j'ai passés avec Mrs. Lippett et combien je saurais apprécier le contraste. Ne craignez pas que je prenne trop de place : leur maison est extensible et quand ils ont beaucoup de monde, ils montent des tentes dans les bois et y font dormir les garçons. Cela promet d'être un si bel été et la vie en plein air me fera du bien. Jimmie McBride va m'apprendre à monter à cheval, à pagayer et à tirer à la carabine et... un tas de choses que je devrais savoir. C'est le genre de vacances joyeuses et libres que je n'ai jamais connues ; et je crois que n'importe quelle fille mérite de les vivre au moins une fois dans sa vie. Bien sûr, je ferai exactement ce que vous voulez, mais je vous en prie, *s'il vous plaît,* Papa, permettez-moi d'y aller. Je n'ai jamais autant désiré une chose dans ma vie.

Ce n'est pas Jerusha Abbott, le futur grand écrivain, qui s'adresse à vous, mais Judy, une simple fille.

9 juin

M. John Smith.

Monsieur : j'ai à la main votre lettre du 7 courant. Conformément aux instructions que m'envoie votre secrétaire, je partirai vendredi prochain pour passer l'été à la ferme de Lock Willow.

Avec l'expression de mes sentiments distingués.

(Miss) Jerusha Abbott

Ferme de Lock Willow
3 août

Cher Papa-Longues-Jambes,

Voilà presque deux mois que je ne vous ai pas écrit, ce qui n'est pas très gentil de ma part, j'en conviens ; mais il faut avouer que je ne vous portais pas tellement dans mon cœur, cet été. Vous voyez que je suis franche !

Vous ne pouvez pas savoir à quel point j'étais déçue de devoir renoncer à mon séjour au camp des McBride. Bien entendu, je n'oublie pas que vous êtes mon tuteur et que je dois tenir compte de vos volontés en toute occasion mais, dans ce cas précis, il m'était impossible de trouver une seule raison *valable* à votre refus. Ces vacances m'apparaissaient vraiment comme la meilleure chose qui pouvait m'arriver. Si j'avais été vous, Papa, et que vous soyez moi, Judy, je vous aurais parlé ainsi : « Que Dieu te bénisse, mon enfant. Va et amuse-toi bien ; fais de nouvelles connaissances, apprends un tas de choses ; profite du grand air, prends des forces et repose-toi bien avant d'affronter une nouvelle année d'études. »

Mais pas du tout ! Au lieu de cela, je reçois un mot sec de votre secrétaire m'ordonnant de me rendre à Lock Willow.

C'est le caractère impersonnel de vos instructions qui me blesse le plus. Il me semble que si vous aviez pour moi le millième du quart des sentiments que j'éprouve à votre égard, vous pourriez m'envoyer de temps en temps un petit mot de votre main, au lieu de ces horribles notes tapées à la machine par votre secrétaire. Et si je sentais la plus petite marque d'intérêt de votre part, je ferais n'importe quoi au monde pour vous être agréable.

Je sais que vous attendez de moi de longues lettres détaillées et que, de mon côté, je ne dois pas attendre de réponse. Ce sont les termes de notre marché. Vous respectez vos engagements en ce qui me concerne – je reçois une bonne éducation – mais, je suppose qu'à votre avis, je ne respecte pas les miens !

Pourtant reconnaissez, Papa, que c'est un marché difficile. Vraiment difficile. Je me sens si seule. Vous êtes la seule personne à qui je puisse montrer de l'affection et, en même temps, vous n'êtes qu'une ombre pour moi. Vous n'êtes peut-être qu'un produit de mon imagination et votre vraie personnalité est certainement tout à fait différente de celle que j'ai imaginée. Pourtant une fois, quand j'étais malade, à l'infirmerie, vous m'avez envoyé une carte écrite de votre main et, à présent, quand je me sens complètement abandonnée, je sors cette carte et je la relis.

Je ne pense pas vous avoir encore exprimé ce que j'avais à vous dire, et qui se résume à ceci : bien que je sois encore blessée par votre refus – car il est très humiliant de se sentir manipulée par une providence arbitraire, péremptoire, déraisonnable, toute-puissante et invisible – eh bien ! quand un homme s'est montré aussi bon, généreux et attentionné que vous l'avez été pour moi jusqu'à présent, je suppose qu'il a le droit d'être une providence arbitraire, péremptoire, déraisonnable et invisible, si tel est son bon plaisir. En conséquence, j'ai décidé de vous pardonner et de retrouver ma bonne humeur. Mais je dois dire que j'apprécie encore modérément les lettres que Sallie m'envoie du camp pour me raconter les merveilleuses vacances qu'ils passent là-bas !

Enfin, tirons un voile sur le passé et prenons un nouveau départ.

Pour moi, j'ai passé l'été à écrire : quatre nouvelles que j'ai adressées à quatre revues différentes. Vous voyez que j'essaie vraiment de devenir un écrivain. J'ai installé mon bureau dans un coin du grenier où Monsieur Jervie – paraît-il – avait l'habitude de venir jouer. C'est un endroit frais et aéré grâce à deux petites lucarnes, ombragé par un érable qui abrite dans ses branches tout une famille d'écureuils.

Je vous écrirai une plus gentille lettre d'ici quelques jours pour vous donner des nouvelles de la ferme.

On réclame la pluie.

Votre toujours dévouée,

Judy

10 août

M. Papa-Longues-Jambes,

Monsieur : je m'adresse à vous du haut de la deuxième fourche du saule qui se trouve dans le pré, à proximité de l'étang. Une grenouille coasse à mes pieds, une cigale chante au-dessus de ma tête et deux petits lézards montent et descendent le long du tronc. Il y a près d'une heure que je suis ici : c'est une fourche très confortable surtout quand on l'a rembourrée avec deux coussins. J'y suis montée, armée de mes tablettes et d'un stylo en me proposant d'écrire quelque nouvelle immortelle mais j'ai des difficultés avec mon héroïne : impossible de la faire agir comme je le voudrais ; aussi l'ai-je abandonnée un instant pour vous écrire (ce qui ne vaut guère mieux, puisque, avec vous non plus, je ne peux obtenir ce que je veux).

Si vous êtes dans cet horrible New York, j'aimerais vous envoyer un peu de cette vue plaisante, fraîche et ensoleillée que je découvre dans la campagne environnante. Ici, après une semaine de pluie, c'est le paradis.

A propos de paradis, vous rappelez-vous Mr. Kellog – le pasteur de la petite église blanche des Corners – dont je vous parlais l'été dernier ? Eh bien, le cher homme s'en est allé cet hiver après une pneumonie. Je l'avais entendu prêcher cinq ou six fois et étais devenue assez familière de sa théologie. Il a conservé sa foi jusqu'au bout. Il me semble qu'un homme, qui pendant quarante-sept ans de son existence poursuit la même ligne de pensée sans en dévier aucunement, devrait être mis au rang des curiosités. J'espère pour lui qu'il a obtenu sa harpe et sa couronne dorée : il était si persuadé qu'on allait les lui donner !

Un jeune homme très prometteur l'a remplacé. L'assemblée des fidèles ne sait pas très bien à quoi s'en tenir, surtout le groupe mené par le diacre Cummings. On a l'impression qu'un terrible schisme se prépare. On n'aime guère les innovations, ici, en matière de religion.

Il a plu toute la semaine dernière et j'en ai profité pour rester au grenier et me livrer à une orgie de lecture. Stevenson surtout. Il est lui-même plus intéressant que n'importe lequel de ses personnages, car il est – si j'ose dire – le genre de héros dont on aimerait raconter l'histoire. N'était-ce pas grandiose de sa part de dépenser les dix mille dollars que son père lui a légués en héritage pour acheter un yatch et mettre la voile sur les mers du Sud ? Il a vécu à la hauteur de son idéal d'aventurier. Si mon père m'avait laissé dix mille dollars, je crois bien que j'en aurais fait autant. La seule pensée de Vailima me fait frémir. Moi aussi, je veux voir les tropiques. Je veux voir le monde entier. Je le ferai un jour – je vous assure, Papa, que je le ferai – quand je serai devenue un grand écrivain, une artiste, une actrice, un auteur dramatique ou quelque autre grand personnage. J'ai une soif terrible de vagabondage et la seule vue d'une carte me donne envie de prendre mon chapeau et mon parapluie et de m'écrier : « Moi aussi, je verrai avant de mourir, les palmiers et les temples du Sud. »

Jeudi soir, assise au crépuscule
sur le pas de la porte.

Pas facile de faire entrer des nouvelles dans cette lettre ! Judy devient si philosophe ces derniers temps, qu'elle préfère les grands discours sur le monde aux détails triviaux de la vie quotidienne. Si toutefois, vous voulez *absolument* des nouvelles, en voici :

Neuf de nos jeunes cochons se sont enfuis mardi dernier, après avoir traversé le ruisseau et huit seulement sont de retour. Nous ne voulons accuser personne injustement, mais nous soupçonnons la veuve Dowd d'en avoir un de plus qu'elle ne devrait.

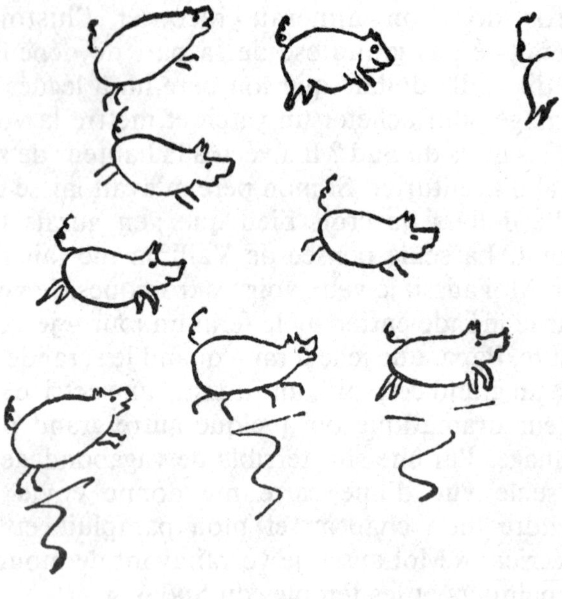

Mr. Weaver a repeint sa grange et ses deux silos d'un jaune citrouille, parfaitement laid et criard, mais il en est satisfait. « Ça tiendra ! » a-t-il dit.

Les Brewer reçoivent cette semaine : la sœur de Mrs. Brewer et deux nièces venant de l'Ohio.

Une de nos Rhode Islands Reds n'a eu que trois poussins sur une couvée de quinze œufs. Impossible de comprendre ce qui s'est passé. A mon avis, les Rhode Islands Reds ne valent pas les Buff Orpingtons.

A Bonnyrigg Four Corners, le nouvel employé de poste a vidé jusqu'à la dernière goutte la réserve de rhum de la Jamaïque – d'un montant de sept dollars – avant d'être découvert.

Le vieil Ira Hatch a des rhumatismes et il ne peut plus travailler. Comme il n'a jamais fait d'économies quand il en avait les moyens, il est maintenant obligé de vivre de la charité publique.

Samedi soir, il y aura une réunion à l'école. On mangera des glaces. Venez nombreux avec vos familles.

J'ai acheté un nouveau chapeau pour vingt-cinq cents à la poste. Voici mon dernier portrait, « Judy allant ratisser les foins ».

Il commence à faire nuit et l'on n'y voit plus guère ; de toute façon, la gazette est terminée.

Bonne nuit,

Judy

Vendredi

Bonjour ! Voilà une grande, grande, grande nouvelle ! Vous ne devinerez jamais qui va venir à Lock Willow. Mrs. Semple a reçu une lettre de Mr. Pendleton. Il voyage en automobile à travers les Berkshires. Il est fatigué et voudrait se reposer dans une jolie ferme isolée. S'il se présentait une nuit, à l'improviste, sur le pas de sa porte, y aurait-il une chambre pour lui ? Il est possible qu'il vienne pour une semaine, mais il pourrait rester deux ou même trois semaines ; cela dépendra s'il se repose bien ici.

Nous voilà dans un bel émoi ! On a lessivé la maison de fond en comble et lavé tous les rideaux. Je prends la carriole ce matin pour aller aux Corners acheter un nouveau linoléum pour l'entrée et deux boîtes de brou de noix pour repeindre le plancher du vestibule et l'escalier derrière la maison. On a demandé à Mrs. Dowd de venir demain pour faire les vitres (vu l'urgence de la situation on a décidé d'oublier nos soupçons concernant la disparition du petit cochon). D'après ce compte rendu de nos activités, vous pourriez penser que la maison n'était pas très propre ; mais je vous assure qu'elle l'était ! Quelles que soient les limites de Mrs. Semple sur d'autres plans, c'est une excellente MÉNAGÈRE.

Mais n'est-ce pas bien les hommes, Papa ? Mr. Pendleton ne lui donne pas la moindre précision sur son arrivée : cela peut être aujourd'hui mais cela pourrait être aussi bien dans deux semaines. Nous allons devoir nous tenir sur le qui-vive et, s'il ne se presse pas, nous devrons tout nettoyer à nouveau.

Amasai m'attend en bas avec la carriole et Grover. C'est moi qui vais conduire, mais si vous pouviez voir le vieux Grove, vous n'auriez aucune crainte pour ma sécurité.

La main sur le cœur, je vous dis adieu.

Judy

P.-S. N'est-ce pas une jolie formule pour terminer une lettre ? Je l'ai trouvée dans la correspondance de Stevenson.

Samedi

Re-bonjour ! Je n'avais pas encore mis ma lettre « sous enveloppe » quand le postier est passé hier, aussi j'en profite pour y ajouter quelques lignes. Nous n'avons qu'un courrier par jour, à midi. La poste locale est une vraie bénédiction pour les fermiers de la région ! Notre facteur non seulement porte les lettres mais fait également des courses en ville quand on le désire, moyennant cinq cents de commission. Hier, il m'a apporté des lacets et un pot de crème (j'ai pelé du nez avant d'acheter mon nouveau chapeau), un nœud de ruban bleu Windsor et une boîte de cirage, le tout pour dix cents. Ce n'est vraiment pas cher, si l'on considère l'ampleur de ma commande.

Il nous dit aussi ce qui se passe dans le vaste monde. Comme il distribue des quotidiens à plusieurs personnes, il les lit en route – tout en cheminant – et en informe ceux qui ne reçoivent pas les journaux. Aussi, au cas où une guerre éclaterait entre les États-Unis et le Japon, si le président était assassiné ou si Mr. Rockfeller léguait un millions de dollars au Foyer John Grier, vous n'avez pas besoin de m'écrire ; je le saurais de toute façon.

Aucun signe de Monsieur Jervie pour l'instant. Mais vous devriez voir comme notre maison brille et avec quel empressement nous nous essuyons les pieds avant d'entrer !

J'espère qu'il ne va pas tarder ; j'ai vraiment besoin de quelqu'un à qui parler. Pour être franche, Mrs. Semple est d'une compagnie plutôt monotone et permet rarement que l'on interrompe le flot tranquille de sa conversation. C'est ce qu'il y a de drôle à propos des gens ici. On dirait que leur monde se réduit à la crête de cette colline. Ils n'ont pas le moindre sens de l'universel, si vous voyez ce que je veux dire. C'est tout à fait ce qui se passait au Foyer John Grier où notre univers était limité aux quatre côtés de l'enceinte ; mais cela m'était égal alors parce que j'étais plus jeune et aussi parce que je n'avais pas une minute pour y penser. Une fois que j'avais fait tous les lits, lavé le visage de mes petits, que j'étais allée à l'école et en étais revenue, que j'avais lavé à nouveau les visages, reprisé les chaussettes, raccommodé les pantalons de Freddie Perkins (il les déchirait chaque jour de sa vie sans exception) et appris mes leçons entre-temps, j'étais prête à me coucher et je ne ressentais pas le besoin d'un échange quelconque. Mais après deux années passées dans une brillante université, cela me manque, je vous assure, et je serai très contente de voir enfin quelqu'un qui parle ma langue.

Cette fois-ci j'ai vraiment fini, Papa. Rien d'autre ne me vient à l'esprit pour l'instant. J'essaierai de vous écrire plus longuement, la prochaine fois.

Votre toujours dévouée,

Judy

P.-S. La laitue n'a pas bien donné, cette année. Il y a eu trop de sécheresse en début de saison.

25 août

Eh bien, Papa, Monsieur Jervie est là et nous nous amusons beaucoup, du moins en ce qui me concerne. Mais je crois qu'il s'amuse aussi, car il est arrivé depuis dix jours et il ne parle pas encore de départ. La façon dont Mrs. Semple dorlote cet homme est proprement scandaleuse. Si elle le gâtait autant quand il était enfant, on s'étonne qu'il ait pu tourner aussi bien...

Lui et moi prenons nos repas en tête à tête à une petite table dressée tantôt sur la véranda, tantôt à l'ombre des arbres et s'il pleut ou qu'il fait plus frais, à l'intérieur de la maison, dans le plus joli salon. Chaque jour il choisit l'endroit de notre déjeuner et Carrie le suit en portant la table. S'il arrive que cela prenne trop longtemps ou si elle doit parcourir une longue distance pour porter les plats, elle trouve un dollar sous le sucrier.

C'est un homme d'une compagnie fort agréable, ce dont on pourrait douter au premier abord, car si son allure est celle d'un Pendleton, il ne l'est pas du tout en fait. Il est aussi simple, naturel et doux qu'il est possible de l'être. C'est une étrange façon de décrire un homme n'est-ce pas ? mais c'est la vérité. Il se montre extrêmement aimable avec les fermiers des environs ; il a une façon de les aborder – une manière directe de leur parler – qui les désarme sur-le-champ. Car ils se méfiaient de lui, au début, à cause de ses vêtements trop originaux. Et je dois avouer qu'ils le sont ! Il porte des culottes de golf, des jaquettes à plis et des chemises en flanelle blanche, des habits d'écuyer avec des pantalons bouffants. Dès qu'il paraît le matin dans sa nouvelle tenue, Mrs. Semple le regarde avec fierté et tourne autour de lui en l'examinant sous tous les angles. Puis, elle lui enjoint de s'asseoir avec précaution : elle a si peur qu'il ne se salisse. Cela l'ennuie profondément et il ne cesse de lui dire : « Allons, Lizzie, retourne à ton travail. Je ne suis plus un enfant et tu ne peux pas continuer à me régenter. »

C'est vraiment drôle d'imaginer que cet homme d'âge mûr, aux jambes démesurées (elles sont presque aussi longues que les vôtres, Papa) s'est blotti naguère dans le giron de Mrs. Semple et quel giron ! Si vous pouviez le voir ! Elle l'a double à présent, et un triple menton. Mais il dit qu'à l'époque elle était mince et alerte et qu'elle courait plus vite que lui.

Que d'aventures ! Nous avons exploré la campagne sur des kilomètres et j'ai appris à pêcher avec de drôles de petits hameçons fabriqués à l'aide de plumes. J'ai aussi appris à tirer à la carabine et au pistolet. Et à monter à cheval – le vieux Grove a encore une étonnante vitalité. Après l'avoir gavé d'avoine trois jours durant, il s'est cabré devant un veau comme je le montais et il s'est presque emballé.

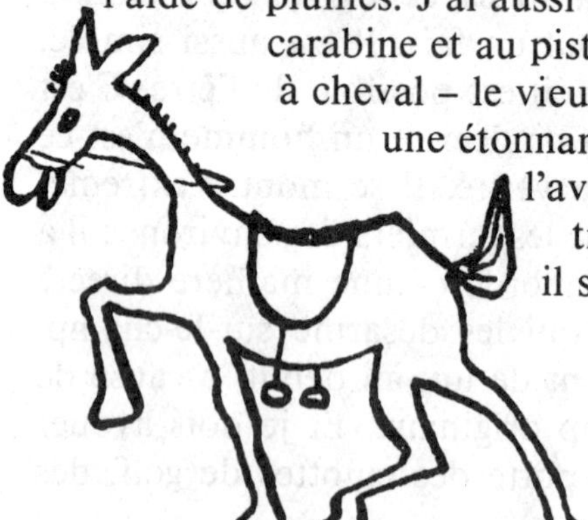

Mercredi

Lundi après-midi, nous avons escaladé la Colline du Ciel. C'est une montagne près d'ici, qui n'est pas d'une hauteur vertigineuse – on ne voit pas de neige sur ses crêtes – mais d'une altitude suffisante pour vous mettre hors d'haleine. Ses premières pentes sont boisées mais le sommet n'est qu'amas de rochers et vaste étendue de landes. Nous sommes restés là-haut pour voir le coucher du soleil et nous avons fait un feu pour cuire notre dîner. Monsieur Jervie a fait la cuisine ; il a dit qu'il s'y connaît mieux que moi – et c'est vrai, car il a l'habitude de camper. Puis nous sommes descendus au clair de lune et en arrivant sous bois, comme il faisait plus sombre, il a sorti sa lampe de poche pour nous éclairer. C'était si drôle ! Il n'a pas cessé de rire, de plaisanter et de raconter des histoires tout le long du chemin. Il a lu tous les livres que je connais et beaucoup d'autres aussi. C'est vraiment incroyable tout ce qu'il peut savoir.

Ce matin, nous sommes partis en promenade mais nous avons essuyé un orage. Le temps que nous regagnions la ferme, nos vêtements étaient complètement trempés – mais notre enthousiasme ne s'était pas refroidi pour autant. Vous auriez dû voir la figure de Mrs. Semple quand nous avons pénétré, tout dégoulinants, dans sa cuisine.

« Oh, Monsieur Jervie ! Miss Judy ! Vous voilà trempés comme des soupes. Mon Dieu ! Mon Dieu ! Que vais-je faire ? Ce magnifique pardessus qui est tout abîmé ! »

Elle était vraiment comique ; on aurait dit une mère affolée avec ses petits de dix ans. L'espace d'un instant, j'ai bien cru que nous serions privés de confiture au goûter.

Samedi

Il y a des siècles que j'ai commencé cette lettre, mais je n'ai pas eu une seconde pour la terminer.

Que pensez-vous de cette phrase de Stevenson ?

« Ce monde est si plein de merveilles
Que nous devrions tous être heureux
comme des rois. »

Pour moi, elle me semble parfaitement juste. Le monde est un lieu de délices et d'abondance à condition de se donner la peine de prendre ce qui se présente. Le secret du bonheur réside pour chacun dans sa faculté d'adaptation à ce qui l'entoure. A la campagne surtout, où il y a tant de choses à voir. Je peux me promener partout, jouir de tous les points de vue, barboter dans tous les ruisseaux et me sentir aussi heureuse que si la terre entière m'appartenait – et cela, librement, sans aucun impôt à payer !

Dimanche soir. Il est environ 11 heures et je suis censée prendre un repos réparateur, mais j'ai bu du café au dîner – aussi pas de sommeil réparateur pour moi !

Ce matin, Mrs. Semple a dit à Mr. Pendleton d'un air décidé :

– Nous devons partir d'ici à 10 heures et quart pour pouvoir être à l'église à 11 heures.

– Très bien, Lizzie, a dit Monsieur Jervie. Faites atteler le boghei et, si je ne suis pas prêt, ne m'attendez pas.

– Nous vous attendrons, a-t-elle dit.

– Comme vous voudrez, mais ne faites pas attendre les chevaux trop longtemps, a-t-il répondu.

Alors, pendant qu'elle s'habillait, il a demandé à Carrie de faire un paquet de notre déjeuner ; il m'a dit d'enfiler ma tenue de campagne et nous nous sommes esquivés par-derrière pour aller à la pêche.

Cela a suffi pour mettre Lock Willow sens dessus dessous, car les dimanches on dîne d'habitude à 2 heures et Monsieur Jervie a demandé que le dîner soit servi à 7 heures – il commande toujours ses repas à l'heure qui lui convient comme si on était au restaurant. Cela a privé Carrie et Amasai de leur sortie en carriole ; mais il a dit que c'était une bonne chose car, outre le fait qu'ils ne devaient pas sortir seuls, sans chaperon, il avait besoin du boghei pour m'emmener faire un tour. N'avez-vous jamais rien entendu d'aussi drôle ?

Et la pauvre Mrs. Semple qui se lamente parce que nous allons pêcher le dimanche qui est le jour du Seigneur et que nous méritons pour cela d'aller rôtir en enfer ! Elle regrette amèrement de ne pas avoir mieux éduqué Monsieur Jervie quand il était confié à sa garde et qu'elle en avait alors la possibilité. De plus, elle aurait bien voulu l'exhiber à l'église.

Quoi qu'il en soit, nous avons eu notre partie de pêche et nous avons fait cuire notre déjeuner (les quatre petits poissons qu'il a attrapés) sur un feu de camp. Comme nos poissons sont tombés plusieurs fois dans le feu (nous les avions embrochés sur des bâtons pointus) ils avaient un léger goût de cendre, mais nous les avons mangés tout de même. A 4 heures, nous étions de retour ; à 5 heures, nous sommes ressortis avec le boghei ; à 7 heures, nous avons dîné, et à 10 heures on m'a envoyée au lit et c'est de là que je vous écris.

Il me semble que je commence à avoir sommeil.

Bonne nuit.

Voici le seul poisson que j'ai attrapé.

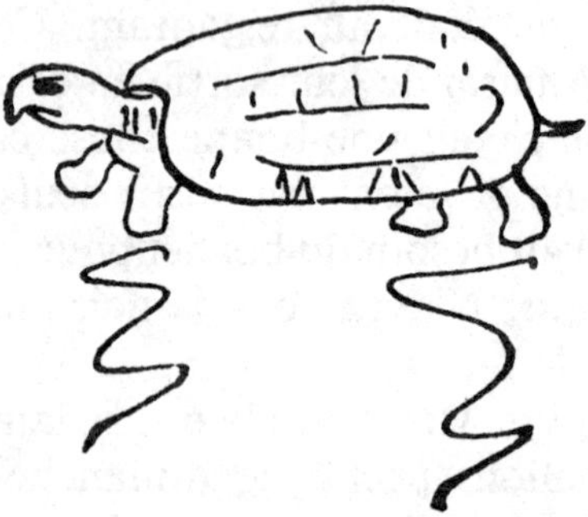

Ohé du navire, Cap'taine Longues-Jambes !

Larguez les amarres ! Oh, oh, oh hisse ! et une bouteille de rhum ! Devinez ce que je suis en train de lire ? Ces deux derniers jours, nous n'avons parlé que de marins et de pirates. N'est-ce pas un livre merveilleux que *L'Ile au trésor ?* L'avez-vous lu ou n'existait-il pas encore quand vous étiez petit ? Stevenson n'a obtenu à l'époque que trente livres pour les droits de sa parution en feuilleton – je ne crois pas que le métier d'auteur soit très lucratif. Peut-être que je ferais mieux d'être institutrice.

Pardonnez-moi de vous rebattre les oreilles avec Stevenson ; s'il m'occupe beaucoup ces derniers temps, c'est qu'il compose à lui seul toute la bibliothèque de Lock Willow.

J'ai commencé cette lettre il y a deux semaines et il me semble qu'elle est maintenant suffisamment longue. Vous ne direz plus, Papa, que je ne vous donne pas de détails. J'aurais tant souhaité que vous soyez ici, avec nous ; nous nous serions drôlement bien amusés. J'aime que mes amis se connaissent. Je voulais demander à Mr. Pendleton s'il vous avait jamais rencontré à New York – cela se pourrait, car vous devez évoluer dans les mêmes sphères, celles de la haute société, et vous partagez les mêmes goûts pour les réformes sociales et autres..., mais je n'ai pas pu le faire car je ne sais pas votre nom.

N'est-ce pas la chose la plus absurde du monde que de ne pas savoir votre nom ? Mrs. Lippett m'avait prévenue que vous êtes un excentrique et je commence à partager cette opinion !

Affectueusement,

Judy

P.-S. En relisant cette lettre, je m'aperçois que son inspiration n'est pas due entièrement à Stevenson et qu'il s'y trouve aussi deux ou trois allusions à Monsieur Jervie.

10 septembre

Cher Papa,

Il est parti et il nous manque ! Quand on s'habitue à certaines personnes, à certains endroits ou à certaines façons de vivre et qu'on vous les enlève soudain, cela vous laisse une drôle de sensation, comme un vide au creux de l'estomac. Je trouve la conversation de Mrs. Semple plutôt indigeste.

L'université ouvre à nouveau ses portes dans deux semaines et je serai contente de reprendre le travail. Je n'ai pourtant pas chômé cet été – j'ai écrit six nouvelles et sept poèmes que j'ai adressés à des revues mais tous m'ont été renvoyés poliment avec la plus grande diligence. Pourtant, cela m'est égal. C'est un bon entraînement. D'après Monsieur Jervie qui les a lus – il les a trouvés au courrier et je n'ai pas pu les lui cacher – ils étaient affreux. Ils prouvent que je n'ai pas encore la moindre idée de ce que je raconte. (Monsieur Jervie ne laisse pas la politesse entraver la vérité.) Il a pourtant fait une exception pour la dernière nouvelle – un petit sketch qui se passe à l'université. Jugeant qu'elle n'était pas si mauvaise, il l'a fait taper à la machine. Cela fait environ deux semaines que je l'ai adressée à une revue et on ne me l'a pas encore renvoyée. Peut-être les intéresse-t-elle ?

Ah, si vous pouviez voir le ciel ! Il baigne dans une couleur orange des plus étranges. Nous allons certainement avoir de l'orage.

Voilà justement des gouttes grosses comme des dollars qui commencent à tomber. Les volets claquent. J'ai dû me dépêcher de fermer les fenêtres tandis que Carrie se précipitait au grenier avec toute une cargaison de casseroles pour les placer aux endroits où le toit fuit. Puis, juste au moment où je reprenais la plume, je me suis rappelé que j'avais laissé un coussin, une couverture, un chapeau et les poèmes de Matthew Arnold sous un arbre du verger et j'ai dû moi aussi courir pour les récupérer, déjà tout trempés. La couverture rouge des poèmes a déteint à l'intérieur et « La plage de Douvres » sera désormais couverte de vagues roses.

Dans cette région, un orage est toujours une catastrophe, car vous devez vous souvenir immédiatement de tout ce que vous avez pu laisser dehors et qui risque de s'abîmer.

Jeudi

Papa, Papa ! Que dites-vous de ça ? Le postier vient de me remettre deux lettres.

La première : ma nouvelle est acceptée. Cinquante dollars.

Alors ! Me voilà AUTEUR.

La seconde : une lettre du secrétariat de l'université. J'ai obtenu une bourse de deux ans qui couvrira mes frais d'études et de pension. C'est une bourse fondée par une ancienne élève de l'université pour récompenser les « compétences notoires en langue anglaise avec excellents résultats dans les autres matières ». Et je l'ai obtenue ! J'en avais fait la demande avant les vacances mais je n'avais pas le moindre espoir de réussir à cause de mes mauvaises notes en maths et en latin. Et je l'ai obtenue quand même. Je suis si contente, Papa, parce que désormais je ne serai plus une telle charge pour vous. J'aurai seulement besoin de la pension mensuelle et même cela, je pourrais peut-être la gagner en écrivant ou en donnant des leçons ou de n'importe quelle autre façon.

Je meurs d'envie de recommencer à travailler.

Votre toujours dévouée,

Jerusha Abbott

Auteur de *Quand les sophomores ont gagné la partie.* En vente dans tous les kiosques, au prix de dix cents.

26 septembre

Cher Papa-Longues-Jambes,

Me voici de retour à l'université et dans la classe supérieure. Cette année, notre studio est plus beau que jamais, particulièrement bien situé avec deux grandes fenêtres au sud et richement meublé par les soins de Julia. Elle est arrivée deux jours plus tôt, avec une véritable fièvre d'aménagement.

Il y a un nouveau papier au mur, des tapis d'Orient et des chaises en acajou – pas de l'acajou vernissé, ce qui déjà nous comblait d'aise l'an dernier, mais du vrai acajou. Splendide. Tellement splendide que je m'y sens un peu comme une étrangère ; j'ai tout le temps peur de faire une tache d'encre au mauvais endroit.

Et puis, Papa, j'ai trouvé votre lettre qui m'attendait – pardonnez-moi – je veux dire celle de votre secrétaire.

Pourriez-vous avoir la bonté de me donner une seule raison valable pour laquelle je devrais refuser cette bourse ? Je ne comprends pas du tout votre objection. Et de toute façon, elle arrive trop tard car j'ai déjà accepté et je ne me dédirai pas ! Cela peut vous paraître impertinent, même si telle n'est pas mon intention.

Lorsque vous vous êtes proposé de m'envoyer à l'université, vous pensiez certainement que votre tâche ne s'achèverait qu'avec l'obtention du diplôme final.

Mais essayez une minute de considérer mon point de vue. Je vous serai toujours redevable de mes études ; simplement, ma dette envers vous sera moindre. Je sais bien que vous ne voulez pas que je vous rembourse mais j'ai pourtant l'intention de le faire dans la mesure du possible ; or, le fait d'avoir obtenu cette bourse me facilite grandement les choses, car si je pensais travailler pour le restant de mes jours afin de m'acquitter de cette dette, je me dis maintenant qu'une moitié de ma vie suffira peut-être.

J'espère que vous comprenez ma situation et que vous ne serez pas fâché. Je continuerai à accepter la pension mensuelle avec reconnaissance. Cela m'est nécessaire pour vivre sur le même pied que Julia et son mobilier ! J'aurais préféré qu'elle ait reçu une éducation plus simple ou bien qu'elle ne soit pas ma compagne de chambre.

Voilà qui ne mérite guère le nom de lettre ; je voulais vous écrire plus longuement mais j'ai dû ourler quatre rideaux de fenêtre et trois portières (je suis contente que vous ne puissiez pas voir la taille de mes points). J'ai aussi astiqué une garniture de bureau en cuivre avec de la poudre dentifrice (travail ingrat), scié du fil de fer avec mes ciseaux à ongles, pour accrocher un tableau, défait quatre paquets de livres, vidé deux malles de vêtements (il semble à peine croyable que Jerusha Abbott possède deux malles entières de vêtements !) et salué une cinquantaine de mes camarades dans l'intervalle.

Jour de rentrée est jour de liesse, comme vous voyez !

Bonne nuit, mon cher Papa, et ne soyez pas triste parce que votre poussin veut voler de ses propres ailes. Il est en train de se changer en une vigoureuse petite poulette dotée d'un gloussement résolu et d'une abondance de belles plumes (le tout grâce à vous).

Affectueusement,

Judy

30 septembre

Cher Papa,

Êtes-vous encore préoccupé par cette histoire de bourse ? Je n'ai jamais vu quelqu'un de plus obstiné, de plus têtu, de plus déraisonnable, de plus tenace, de plus acharné et incapable de se mettre à la place des autres que vous.

Vous préféreriez que je n'accepte pas de faveurs des étrangers.

Des étrangers, dites-vous ! Mais qu'êtes-vous donc, je vous prie ?

Y-a-t-il au monde quelqu'un que je connaisse moins que vous ? Je ne serais pas capable de vous reconnaître si je vous croisais dans la rue. Peut-être que si vous aviez été une personne sensée et raisonnable, que vous ayez envoyé de gentilles lettres, tendres et paternelles, à votre petite Judy, si par exemple, vous étiez venu lui rendre visite de temps en temps pour lui dire que c'est une brave fille en lui tapotant gentiment la joue, alors peut-être que maintenant elle respecterait vos cheveux blancs et serait attentive à répondre au moindre de vos désirs ainsi que doit le faire une fille attentionnée.

Des étrangers ! Vraiment, Mr. Smith, vous voilà bien placé pour le dire.

De plus, ce n'est pas une faveur que l'on me fait ; c'est une récompense durement acquise par mon travail. Si personne n'avait été assez qualifié en anglais, le comité n'aurait certainement pas accordé la bourse ; il y a des années où on ne la donne pas. Et enfin... mais à quoi bon argumenter avec un homme ? Vous appartenez, Mr. Smith, à un sexe dénué de tout bon sens. Pour ramener un homme à la raison, il y a seulement deux méthodes : le cajoler ou être désagréable. Je déteste cajoler un homme pour obtenir ce que je veux. Il ne me reste donc qu'à être désagréable.

Je refuse, monsieur, de renoncer à cette bourse. Et si vous continuez à faire des embarras, je refuserai également la pension mensuelle que vous me versez, quitte à me casser la tête à donner des cours à de stupides nouvelles.

Voilà mon ultimatum !

Mais ce n'est pas fini. Je pense à autre chose. Puisque vous avez si peur qu'en acceptant cette bourse, j'en prive quelqu'un d'autre, je connais un moyen de soulager vos scrupules. Vous pouvez dépenser l'argent que vous me destiniez à éduquer une autre petite fille du Foyer John Grier. N'est-ce pas une merveilleuse idée ? Seulement, Papa, quand vous aurez choisi votre nouvelle protégée, *éduquez-la* tant que vous voudrez, mais ne *l'aimez* pas plus que moi, je vous en prie.

J'espère que votre secrétaire ne m'en voudra pas si je fais peu de cas de ses suggestions, mais s'il insiste, je ne peux pas l'en empêcher. C'est un véritable enfant gâté, Papa. Jusqu'à présent, je me suis humblement soumise à tous ses caprices, mais cette fois, j'ai décidé d'être FERME.

D'une volonté irrévocable et définitive dans les siècles des siècles, votre toujours dévouée,

Jerusha Abbott

9 novembre

Cher Papa-Longues-Jambes,

Je m'apprêtais à descendre en ville ce matin, pour acheter une boîte de cirage noir, des collerettes et du tissu pour un nouveau corsage, un pot de crème à la violette et un pain de savon de Castille – toutes choses dont j'avais un urgent besoin et dont je ne pouvais me passer un jour de plus –, mais quand je voulus payer mon ticket, je m'aperçus que j'avais laissé ma bourse dans mon autre manteau. J'ai dû prendre le bus suivant et j'étais en retard au cours de gymnastique.

C'est une chose terrible que d'avoir deux manteaux et pas de mémoire du tout !

Julia Pendleton m'a invitée chez elle pour les vacances de Noël. Que dites-vous de ça, Mr. Smith ? Imaginez Jerusha Abbott, du Foyer

John Grier, assise à la table des riches. J'ignore pour quelle raison Julia m'a invitée – elle semble vouloir se rapprocher de moi, ces derniers temps. En vérité, j'aurais de beaucoup préféré aller chez Sallie, mais Julia m'a invitée la première et si je vais quelque part, ce sera à New York plutôt qu'à Worcester. Je suis passablement intimidée à l'idée d'affronter les Pendleton « en masse », sans compter que je devrai compléter ma garde-robe – aussi, mon cher Papa, si vous préférez me voir sagement rester à l'université, je me plierai à vos volontés avec ma docilité habituelle.

J'ai commencé la lecture de *La Vie et la correspondance de Thomas Huxley.* C'est un livre facile et agréable que l'on peut lire à ses moments perdus. Savez-vous ce qu'est un archéoptéryx ? C'est un oiseau. Et un stéréognathus ? Je n'en suis pas sûre moi-même, mais je crois que c'est un chaînon manquant, une sorte d'oiseau avec des dents ou un lézard avec des ailes. Non, ce n'est ni l'un ni l'autre, je viens de vérifier : c'est un mammifère de l'époque mésozoïque.

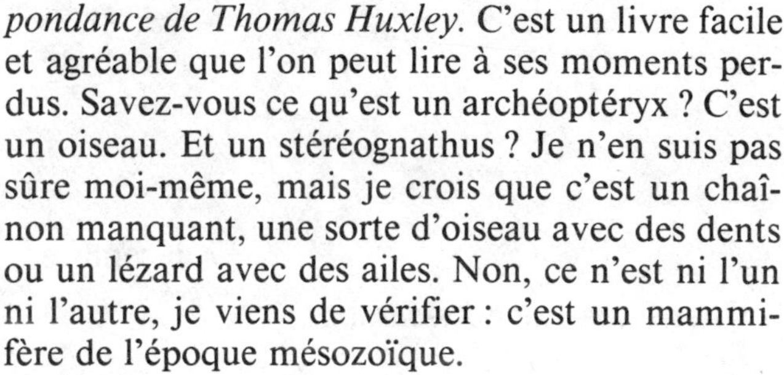

Cette année, j'ai opté pour le cours d'économie, un sujet particulièrement éclairant. Quand ce sera fini, je m'inscrirai à charité et réforme. Alors, Mr. le Bienfaiteur, je saurai exactement ce qu'il faut faire pour diriger un orphelinat. Ne pensez-vous pas que je ferais une admirable électrice si j'avais le droit de vote ? J'ai eu vingt et un ans la semaine dernière. C'est une bien piètre démocratie qui se permet de mépriser l'honnête, cultivée, consciencieuse et brillante citoyenne que je suis.

Votre toujours dévouée,

Judy

7 décembre

Cher Papa-Longues-Jambes,

Merci pour la permission d'aller chez Julia à Noël. J'ai pris votre silence pour un acquiescement.

Quelle vie mondaine que la nôtre ! Le bal de la fondation a eu lieu la semaine dernière – c'était la première année que nous pouvions y assister car seules les étudiantes des grandes classes y sont admises.

J'avais invité Jimmie McBride, et Sallie, elle, le camarade de chambre de Jimmie à Princeton, un très gentil garçon avec des cheveux roux qui est allé à leur camp de vacances l'été dernier.

Quant à Julia, elle avait invité un jeune homme de New York, pas très séduisant mais d'excellente famille. Il est apparenté aux « de la Mater Chichesters ». Peut-être que ça vous dit quelque chose ? Pour moi, cela ne m'éclaire pas outre mesure.

Quoi qu'il en soit, nos hôtes sont arrivés vendredi après-midi, juste à temps pour prendre le thé dans le salon des seniors, puis ils ont rejoint leur hôtel à l'heure du dîner. L'hôtel était si plein, m'a dit Jimmie McBride, qu'ils ont dû dormir côte à côte allongés, sur les tables de la salle de billard. La prochaine fois qu'il sera invité à une soirée de l'université, il n'oubliera pas d'apporter une de ses tentes de l'Adirondack et il l'installera sur le campus.

A 7 heures et demie, ils étaient de retour pour la réception et le bal du président. Nos fêtes commencent tôt ! Nous avions préparé à l'avance les cartons des garçons et après chaque danse, ils devaient se réunir par petits groupes sous la lettre qui correspondait à leur nom, afin d'être plus facilement identifiés par leurs nouvelles partenaires. Jimmie McBride, par exemple, aurait dû attendre patiemment son tour sous la lettre M. (Je dis bien « aurait dû » car, au lieu de cela, il n'a pas cessé de se promener ici et là et de se mêler aux R et aux S et à toutes sortes d'autres lettres.) Il s'est révélé un hôte assez ingrat ; il s'est mis à bouder parce qu'il n'a dansé que trois fois avec moi et parce que – m'a-t-il dit – danser avec des filles qu'il ne connaissait pas l'intimidait !

Le lendemain matin, nous avons eu un concert donné par la chorale de l'université – et devinez qui a écrit les paroles de la curieuse chanson composée à cette occasion ? Votre servante. Mais oui, Papa, je dis la vérité. Je vous assure que votre petite orpheline est en train de se transformer en un personnage remarquable !

Dans tous les cas, notre fête fut une grande réussite et je crois que les garçons l'ont appréciée. Quelques-uns d'entre eux étaient assez troublés au début à l'idée de se trouver en présence d'un millier de filles ; mais ils se sont très vite acclimatés. Nos deux étudiants de Princeton se sont bien amusés – du moins c'est ce qu'ils ont poliment déclaré – et ils nous ont invitées à leur tour à leur bal qui a lieu au printemps prochain. Nous avons déjà accepté, aussi, je vous en prie, Papa chéri, ne faites pas d'objection.

Julia, Sallie et moi, nous portions toutes de nouvelles robes. Voulez-vous en savoir davantage ? Celle de Julia était en satin crème rehaussée de broderies d'or et d'un bouquet d'orchidées pourpres. C'était *un rêve* signé de Paris et qui a coûté un million de dollars.

Bleu pâle bordée d'une broderie persane qui s'alliait merveilleusement avec sa chevelure rousse, la robe de Sallie n'a pas coûté un million de dollars, mais faisait tout autant d'effet que celle de Julia.

La mienne était en crêpe de Chine rose pâle avec une bordure de dentelle écrue et de satin rose. Et je portais un bouquet de roses rouges que J. McB. m'avait envoyé (Sallie lui avait dit quelle couleur il fallait choisir). Nous avions toutes les trois des escarpins de satin, des bas de soie et des écharpes en mousseline assorties.

J'imagine que vous devez être très impressionné par ces détails de mode féminine !

Je ne peux m'empêcher de penser, Papa, quelle vie morne et sans éclat doit être celle d'un homme qui ignore ce que recouvrent les mots de mousseline, de point vénitien, de broderie à la main et de crochet irlandais. Tandis qu'une femme – qu'elle soit intéressée par les bébés, les microbes, les maris, la poésie, les serviteurs, les parallélogrammes, les jardins, Platon ou le bridge – est toujours et fondamentalement intéressée par la toilette.

C'est un trait de nature qui fait du monde une grande famille. (Ce n'est pas une phrase de moi ; je l'ai trouvée dans une des pièces de Shakespeare.)

Bon. Pour me résumer, voulez-vous que je vous confie un secret que j'ai récemment découvert ? Et promettez-vous de ne pas me croire vaniteuse pour autant ? Alors, écoutez bien :

Je suis jolie.

Je le suis, sans aucun doute. J'ai été vraiment stupide de ne pas m'en être aperçue plus tôt avec les trois miroirs que nous avons dans notre chambre.

Une amie

P.-S. Bel exemple de ces méchantes lettres anonymes que l'on trouve dans les romans.

20 décembre

Cher Papa-Longues-Jambes,

Je n'ai pas beaucoup de temps pour vous écrire car il me reste encore deux cours et je dois remplir une malle et faire ma valise avant d'attraper le train de 4 heures, cet après-midi ; mais je ne pouvais pas partir sans vous dire combien j'ai apprécié vos cadeaux de Noël.

J'adore les fourrures et le collier et l'écharpe en soie Liberty. J'adore les gants, les mouchoirs, les livres, le sac et plus encore que tout cela, je vous adore ! Mais, Papa, vous n'avez pas le droit de me gâter ainsi. Après tout, je ne suis qu'un être humain, et de plus, une fille. Comment voulez-vous que je garde la tête froide et l'esprit fixé sur une carrière studieuse si vous me tentez par de telles frivolités ?

J'ai de fortes présomptions maintenant quant au membre bienfaiteur qui offrait les glaces du dimanche au Foyer John Grier et qui nous fournissait chaque année l'arbre de Noël. Jusqu'alors, il m'était inconnu, mais, à présent, je le reconnais à ses œuvres ! Vous méritez vraiment d'être heureux pour tout le bien que vous faites.

A bientôt. Je vous souhaite un très joyeux Noël.

Pour toujours,

votre Judy

P.-S. Ci-joint un petit cliché en gage d'affection. Pensez-vous que vous « l' »aimeriez si vous « la » connaissiez ?

11 janvier

J'avais l'intention de vous écrire de New York mais c'est une ville trop absorbante.

Mon séjour s'est révélé intéressant, voire instructif ; mais je suis vraiment contente de ne pas appartenir à cette famille ! Je préfère cent fois faire partie du Foyer John Grier car quels que soient les désavantages de l'éducation que j'ai reçue, du moins n'y avait-il aucune prétention à ce sujet. Je comprends maintenant ce que les gens veulent dire quand ils parlent d'être écrasés sous le poids des choses. Il régnait dans cette maison une atmosphère si pesante que c'est seulement une fois installée dans l'express du retour que j'ai pu enfin respirer à mon aise. Les meubles étaient tous sculptés, capitonnés et magnifiques ; les gens que j'ai rencontrés parlaient à voix basse, tous bien habillés et de manières irréprochables ; mais voyez-vous, Papa, je n'ai pas entendu un mot de vraie conversation durant mon séjour là-bas et je ne crois pas qu'une seule idée digne de ce nom ait jamais franchi le seuil de cette maison.

Mrs. Pendleton ne parle que de ses bijoux, de ses couturiers et de ses réunions mondaines. C'est un genre de mère tout différent de Mrs. McBride ! Si un jour je me marie et que j'aie une famille, je veux qu'elle soit le plus possible comme celle des McBride. Je ne voudrais pas, pour tout l'or du monde, qu'un de mes enfants ressemble plus tard à un de ces Pendleton. Ce n'est peut-être pas très joli de critiquer des gens chez qui l'on vient d'être reçue. Dans ce cas, pardonnez-moi, je vous en prie. Ceci est très confidentiel, un secret entre vous et moi.

Je n'ai vu Monsieur Jervie qu'une seule fois, quand il est venu prendre le thé, mais nous n'avons pas pu échanger une parole en privé. Cela m'a un peu déçue après notre délicieux séjour de l'été dernier. Je ne crois pas qu'il se soucie tellement de sa famille – et je suis sûre que, de leur côté, ils ne s'intéressent guère à lui ! La mère de Julia a fait remarquer qu'il n'était pas très équilibré. C'est un socialiste, mis à part le fait – Dieu merci – qu'il ne se laisse pas pousser la barbe et qu'il ne porte pas de cravates rouges. Elle ne comprend pas où il a pu prendre de telles idées ; depuis des générations, la famille a toujour appartenu à l'Église réformée anglicane. Il gaspille son argent dans toutes sortes de réformes stupides au lieu de le dépenser intelligemment en achetant des yachts, des automobiles et des poneys de course. A la place, il achète des bonbons ! Il nous en a envoyé une boîte à chacune, Julia et moi, pour Noël.

Vous savez, Papa, je crois que je serai aussi une socialiste, si vous n'y voyez pas d'objection. Ils sont très différents des anarchistes. Par exemple, ils ne croient pas qu'il faille poser des bombes et tuer des gens pour arriver à leurs fins. Je suis probablement socialiste de naissance car j'appartiens au prolétariat. Mais je n'ai pas encore décidé à quel parti je me rallierai. J'ai l'intention d'étudier la question dimanche et je vous ferai part de mes conclusions dans ma prochaine lettre.

J'ai vu des tas de théâtres, d'hôtels et de maisons magnifiques. Mon esprit est un fouillis inextricable d'onyx, de dorures, de parterres en mosaïque et de feuilles de palme. Je me sens un peu à bout de souffle et je suis ravie de rentrer à l'université pour retrouver mes livres. Je me découvre en fait une véritable vocation d'étudiante et cette atmosphère de calme académique est plus vivifiante pour moi que l'air de New York. L'université est un genre de vie qui me satisfait pleinement. Des livres, de l'étude et des cours réguliers : c'est assez pour vous tenir l'esprit alerte et quand vous êtes fatigué, vous pouvez aller au gymnase ou vous entraîner sur le campus. Sans compter qu'il y a toujours des tas d'amis sympathiques prêts à partager vos opinions. Nous avons passé la soirée à ne rien faire d'autre que parler, parler, parler et nous sommes allées nous coucher avec au cœur un sentiment très exaltant comme si nous avions réglé, une fois pour toutes, des problèmes urgents de la plus haute importance pour l'avenir de l'humanité. Et tout cela, dans un climat de joyeuse détente car nous ne manquons pas de faire des plaisanteries à la moindre occasion et à tout bout de champ et nous apprécions nous-mêmes nos bons mots pour satisfaire au proverbe qui dit : « On n'est jamais si bien servi que par soi-même ! »

Ce ne sont pas les grandes joies qui comptent le plus dans la vie mais l'importance que l'on accorde aux petits plaisirs de l'existence. Le vrai secret du bonheur, Papa, c'est de vivre « au présent ». Non de passer son temps à regretter le passé ou à faire des plans pour l'avenir ; mais à retirer tout le plaisir possible de l'instant qui nous est donné. En fait, le bonheur c'est comme l'agriculture. On peut développer une agriculture intensive ou extensive, sur une plus grande étendue ; eh bien, j'ai décidé quant à moi, de vivre intensément et de profiter consciemment de chaque minute de l'existence. La plupart des gens ne prennent pas le temps de vivre ; ils se contentent de courir. Ils essaient d'atteindre un but situé dans un avenir lointain et dans la fièvre de la course, ils se retrouvent pantois et hors d'haleine et ils oublient de regarder le beau paysage qui se déroule sous leurs yeux ; alors, ils se rendent compte qu'ils sont vieux et fatigués et peu leur importe s'ils ont atteint ou non leur but. J'ai décidé de m'asseoir au bord du chemin et de faire un tas des multiples petites joies qui se présentent chaque jour – et tant pis si je ne deviens pas un grand écrivain.

Que dites-vous, Papa, de votre nouvelle philosophe ?

Votre toujours dévouée,

Judy

P.-S. Il pleut des hallebardes, ce soir. Justement, il y en a une qui vient de se ficher sur le rebord de ma fenêtre.

Cher Camarade,

Hourra ! Je suis une Fabian [1].

C'est un socialiste qui préfère attendre. Notre révolution n'est pas pour demain : ce serait un réveil trop brutal. Nous la préparons d'une manière progressive et la remettons à un avenir prochain, quand nous serons réellement prêts et capables de soutenir le choc.

Dans l'intervalle, nous nous contentons d'instituer des réformes dans les domaines de l'industrie, de l'économie et de l'éducation, en particulier dans les orphelinats.

Toujours vôtre, avec les vœux d'un amour fraternel,

Judy

Lundi, à la troisième heure.

1. Il s'agit d'une société socialiste anglaise fondée en 1883, d'après Fabius, dit Cunctator, homme politique romain qui mena contre Hannibal la lutte d'usure qui lui valut son surnom, le Temporisateur. Se référant à un idéal moral, elle voulait reconstruire la société par une action progressive.

11 février

Cher P.-L.-J.,

Ne soyez pas choqué par la brièveté de ma missive. Ceci n'est en fait qu'une simple « ligne », pour vous dire que je vous écrirai bientôt une vraie lettre – quand les examens seront finis. Je ne peux pas me contenter de réussir ; cette fois, il me faut LES HONNEURS. J'ai la réputation d'une bourse à soutenir.

Votre très studieuse,

J.A.

5 mars

Cher Papa-Longues-Jambes,

Le recteur Cuyler a fait ce soir un discours sur le caractère superficiel et désinvolte de la nouvelle génération. Il dit que nous avons perdu les vieux idéaux de l'effort et du vrai savoir qui étaient les leurs et que ce déclin est particulièrement manifeste dans notre manque de respect vis-à-vis de l'autorité en place. Nous ne témoignons plus envers nos supérieurs de la déférence qui convient.

Je suis sortie de la chapelle, d'humeur tout à fait sérieuse.

Suis-je vraiment trop familière, Papa ? Devrais-je vous traiter avec plus de dignité, plus de réserve ? Oui, je le crois. Je reprends donc :

Mon cher Mr. Smith,

Vous serez heureux d'apprendre que j'ai passé avec succès mes examens de la mi-semestre et que je commence dès maintenant mon nouveau programme. J'abandonne la chimie – j'ai terminé le cours sur l'analyse quantitative – et j'entame l'étude de la biologie. Ce n'est pas sans crainte que j'aborde ce sujet, ayant appris que nous devons disséquer des grenouilles et des asticots.

Nous avons eu droit la semaine dernière à une conférence intéressante et bien documentée sur les vestiges des Romains dans le midi de la France. Je n'avais jamais entendu auparavant d'exposé si éclairant sur le sujet.

Nous lisons *L'Abbaye de Tintern* de Wordsworth, dans le cadre de notre cours de littérature anglaise. Quelle œuvre exquise et comme elle symbolise bien sa conception du panthéisme ! Je préfère nettement le mouvement romantique qui a marqué le début du siècle dernier et que l'on trouve caractérisé dans les œuvres de poètes comme Shelley, Byron, Keats et Wordsworth, à la période de classicisme qui a précédé. A propos de poésie, connaissez-vous la charmante odelette de Tennyson appelée « Locksley Hall » ?

Dernièrement, j'ai fréquenté le gymnase très régulièrement. Un système de surveillance a été mis au point et le fait de ne pas obéir strictement au règlement entraîne des tas de désagréments. Le gymnase possède une fort belle piscine en marbre et ciment, don d'une ancienne diplômée de l'université. Ma compagne de chambre, Miss

McBride, m'a donné son maillot de bain (il a tellement rétréci qu'elle ne pouvait plus le mettre) et je vais commencer à prendre des leçons de natation.

Nous avons eu, hier au soir, de délicieuses glaces roses pour dessert. Seules les teintures végétales sont autorisées en ce qui concerne la nourriture. L'université est très opposée – pour des motifs à la fois d'ordre hygiénique et esthétique – à l'usage des colorants artificiels à base d'aniline.

Il a fait un temps idéal dernièrement – soleil magnifique avec intervalles de temps nuageux et quelques chutes de neige bienvenues. Mes compagnes et moi, nous nous sommes régalées de promenades en allant et en revenant des cours – surtout en revenant.

En espérant que la présente vous trouvera dans votre bonne santé accoutumée, je vous adresse, mon cher Mr. Smith, l'expression de mes sentiments les plus cordiaux.

Jerusha Abbott

24 avril

Cher Papa,

Le printemps est de retour ! Vous devriez voir comme le campus est joli sous le soleil. Vraiment, Papa, vous devriez venir pour en juger par vous-même. Monsieur Jervie est revenu à l'improviste vendredi dernier. Malheureusement, il a choisi le plus mauvais jour, car Sallie, Julia et moi-même étions sur le point de prendre le train. Et devinez où nous allions ? A Princeton, pour assister au match de l'université et aussi au bal des étudiants, s'il vous plaît ! Je n'ai pas demandé votre permission, car j'avais l'impression que votre secrétaire me la refuserait. Mais nous avons fait les choses en règle : nous avions l'autorisation du secrétariat et Mrs. McBride nous servait de chaperon. Nous nous sommes bien amusées, mais je ne vous donnerai pas de détails, ce serait trop long et trop compliqué.

Samedi

Debout avant l'aube ! La surveillante de nuit nous a réveillées – six d'entre nous – et nous avons fait du café sur un chauffe-plats (je n'avais jamais vu autant de marc !). Puis nous avons marché pendant trois kilomètres jusqu'au sommet de la Colline de l'Arbre Seul pour assister au lever du soleil. La dernière côte était plutôt raide

à grimper ! Le soleil a failli arriver avant nous ! Vous pouvez imaginer le bel appétit que nous avions en rentrant !

Eh bien, Papa, mon style me semble particulièrement enthousiaste aujourd'hui ; voici une page constellée de points d'exclamations !

J'avais l'intention de vous écrire des milliers de choses, à propos des nouveaux bourgeons dans les arbres, de la nouvelle piste du terrain de sports, de l'horrible leçon de biologie que nous devons étudier pour demain, des canoës neufs sur le lac, de Catherine Prentiss qui a une pneumonie et du petit chat angora de Prexy qui s'est enfui de la maison et qui s'est réfugié pendant deux semaines au Pavillon Fergussen jusqu'à ce qu'il soit découvert et rendu à sa maîtresse par une des femmes de chambre. Je voulais aussi vous parler de mes trois robes neuves à pois, une blanche, une rose et une bleue, chacune avec un chapeau assorti – mais j'ai trop sommeil. Je trouve toujours une bonne excuse, n'est-ce pas ? Mais sachez qu'une université de filles n'est pas un lieu de tout repos et que nous sommes plutôt fatiguées en fin de journée ! Surtout quand la journée a commencé à l'aube.

Affectueusement,

Judy

15 mai

Cher Papa-Longues-Jambes,

Que pensez-vous de quelqu'un qui monte dans le tramway et se contente de fixer les yeux droit devant lui sans regarder personne ?

Une belle dame vêtue d'une belle robe de velours est montée dans le tram aujourd'hui et est restée assise quinze minutes avec un visage parfaitement dénué d'expression, les yeux fixés sur une affiche publicitaire de bretelles. D'abord, il ne me semble pas très poli d'ignorer toutes les personnes présentes, comme si l'on était la seule personne importante de l'assemblée ; et, de plus, c'est se priver de beaucoup de plaisir. Tandis qu'elle s'absorbait dans la contemplation de cette affiche stupide, de mon côté j'observais avec intérêt tous les occupants du tramway.

L'illustration ci-jointe est ici reproduite pour la première fois. On dirait une araignée au bout d'un fil, mais ce n'est pas ça du tout ; c'est un

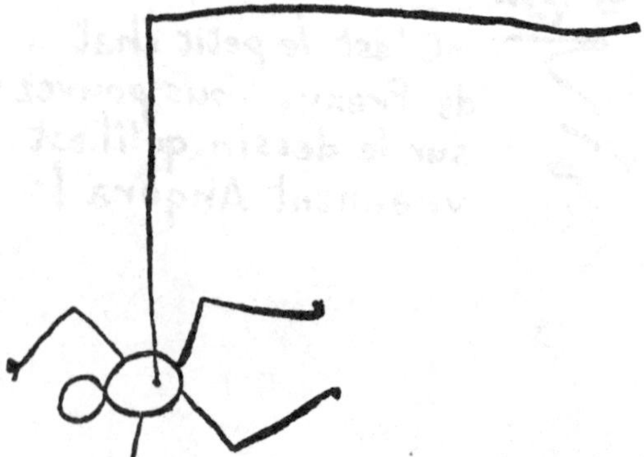

dessin qui me représente en train d'apprendre à nager dans la piscine du gymnase.

La monitrice a attaché une corde à un anneau cousu à la ceinture de mon maillot et cette corde coulisse grâce à une poulie fixée au plafond du gymnase. Ce serait un système magnifique à condition d'avoir une confiance totale dans la probité de la monitrice. Mais j'ai toujours peur, quant à moi, qu'elle ne relâche la corde et je garde un œil fixé sur elle tout en continuant à nager, ce qui freine les progrès que je ferais si mon attention n'était pas ainsi divisée.

Temps très capricieux dernièrement. Il pleuvait quand j'ai commencé ma lettre et à présent, le soleil brille. Sallie et moi allons sortir pour jouer au tennis – un bon moyen d'être dispensées de gymnastique.

Une semaine plus tard

Il y a longtemps que j'aurais dû terminer cette lettre, mais voilà, je ne l'ai pas fait ! Ça vous est égal, n'est-ce pas, Papa, si je ne suis pas très régulière dans mon courrier ? J'ai vraiment plaisir à vous écrire : cela me donne le sentiment rassurant d'avoir une famille. Puis-je vous faire une confidence ? Vous n'êtes pas le seul homme avec qui j'entretiens une correspondance. Il y en a deux autres ! J'ai reçu cet hiver de longues et belles missives de Monsieur Jervie (dans des enveloppes tapées à la machine, afin que Julia ne puisse pas reconnaître son écriture). Plutôt choquant, n'est-ce pas ? Et presque chaque semaine, une épître griffonnée sur du papier jaune me parvient de Princeton. Toutes lettres auxquelles je m'empresse de répondre avec la plus grande diligence. Vous voyez que je ne diffère pas tellement des autres filles puisque, moi aussi, j'ai du courrier.

Vous ai-je raconté que j'ai été choisie pour être membre du Club d'art dramatique des anciennes ? Une organisation très *recherchée*[1]. Seulement soixante-quinze membres sur un millier d'étudiantes. Pensez-vous qu'il est juste que j'en fasse partie, moi, une socialiste convaincue ?

Devinez ce qui m'occupe à présent en sociologie ? J'écris *(figurez-vous !)* un exposé sur les soins à accorder à l'enfance déshéritée. Le professeur avait mélangé les sujets pour les attribuer au hasard et c'est celui qui m'est échu. *C'est drôle ça, n'est-ce pas ?*

Voilà le gong du dîner. Je glisserai ce pli dans la boîte en passant.

Affectueusement,

J.

1. Les mots en italique sont en français dans cette lettre.

4 juin

Cher Papa,

Emploi du temps chargé : examens demain, remise des diplômes dans dix jours ; beaucoup de révisions, les valises à préparer, et avec tout cela, un temps splendide qui vous invite à sortir et vous fait regretter de rester enfermée.

Mais, peu importe, les vacances arrivent. Julia part à l'étranger, cet été – pour la quatrième fois. Il ne fait aucun doute, Papa, que la répartition des richesses n'est pas équitable. Comme d'habitude, Sallie va au camp des Adirondacks. Quant à moi, devinez quels sont mes projets ? Vous avez trois solutions. Lock Willow ? Non. Les Adirondacks avec Sallie ? Non. (J'ai été définitivement découragée l'an dernier.) Eh bien, vous ne voyez pas ? Vous n'êtes pas très perspicace. Je vais vous le dire, Papa, si toutefois vous me promettez de ne pas faire d'objections. J'ai d'ailleurs pris soin d'avertir votre secrétaire que ma résolution était prise.

Je vais passer l'été au bord de la mer chez une certaine Mrs. Charles Paterson en tant que répétitrice de sa fille qui doit entrer à l'université l'automne prochain. C'est une femme charmante dont j'ai fait la connaissance par l'intermédiaire des McBride. Je donnerai aussi des leçons d'anglais et de latin à sa fille cadette, mais je disposerai également d'un peu de temps libre, le tout pour un salaire de cinquante dollars par mois ! N'est-ce pas une somme exorbitante ? C'est elle-même qui me l'a proposée ; j'aurais à peine osé lui en demander la moitié.

Mon séjour à Magnolia (c'est là qu'elle demeure) se terminant le premier septembre, j'espère passer les trois dernières semaines à Lock Willow – j'aurais plaisir à revoir les Semple et tous les animaux de la ferme.

Que dites-vous de mon programme, Papa ? Comme vous voyez, je deviens assez indépendante. Vous m'avez appris à tenir sur mes jambes et je crois maintenant que je peux commencer à marcher toute seule.

La remise des diplômes à Princeton et nos examens tombent exactement en même temps, ce qui n'est vraiment pas de chance. Sallie et moi voudrions bien nous libérer pour l'occasion, mais bien sûr, c'est tout à fait improbable.

Au revoir, Papa. Je vous souhaite de passer un bon été. Revenez cet automne frais et dispos, prêt à affronter une nouvelle année de dur labeur. (C'est ce que j'aimerais que vous m'écriviez !) Je n'ai pas la moindre idée sur ce que vous faites durant l'été, car j'ai du mal à imaginer votre cadre de vie. Est-ce que vous jouez au golf ? Ou bien, allez-vous à la chasse ? Montez-vous à cheval ou vous asseyez-vous tout simplement au soleil pour méditer à votre aise ?

Quoi qu'il en soit, je vous souhaite d'être heureux. Et n'oubliez pas Judy.

10 juin

Cher Papa,

Ceci est la lettre la plus pénible que je vous aie écrite jusqu'à présent, mais j'ai bien réfléchi et je ne reviendrai pas sur ma décision. C'est un mouvement très généreux et affectueux de votre part de me proposer de faire un voyage en Europe, cet été. Sur le moment, l'idée m'a presque tourné la tête ; mais très vite, j'ai senti que ce ne serait pas raisonnable. Ce serait plutôt absurde, en effet, de refuser l'argent que vous m'offrez pour étudier à l'université, puis d'en profiter pour partir en vacances ! Il n'est pas bon de s'habituer à trop de facilités, car s'il est aisé de se passer d'un bien-être que l'on n'a jamais connu, il est terriblement difficile de renoncer aux choses que l'on considère comme siennes ou allant de soi. La vie en commun avec Sallie et Julia est une terrible épreuve pour ma philosophie stoïcienne. Ayant vécu dans l'abondance depuis leur enfance, toutes deux acceptent le bonheur comme un état de fait. Selon elles, le monde se doit d'exaucer tous leurs vœux. Peut-être ont-elles raison – il semble en effet qu'il reconnaisse sa dette et s'en acquitte. Mais, en ce qui me concerne, le monde ne me doit rien et me l'a fait clairement savoir dès le début. Je n'ai donc pas le droit de vivre d'emprunt car viendra un temps où le monde me refusera tout crédit.

Je patauge dans une mer de métaphores, me direz-vous – j'espère pourtant que vous me comprenez. En tout cas, j'ai la conviction que la seule chose à faire pour moi, cet été, c'est d'enseigner et de commencer à gagner ma vie.

Magnolia
Quatre jours plus tard

Figurez-vous que ma lettre a été interrompue par l'arrivée de la bonne qui venait m'annoncer la visite de Monsieur Jervie. Lui aussi a l'intention de voyager cet été ; non pas avec Julia et sa famille mais seul, de son côté. Je lui ai dit que vous m'aviez invitée à partir également avec un groupe d'autres filles en compagnie d'une dame qui nous servirait de chaperon. Or, savez-vous, Papa, qu'il vous connaît ? C'est-à-dire qu'il sait que mon père et ma mère sont morts et qu'un homme généreux m'envoie à l'université. Je n'ai simplement pas eu le courage de lui parler du Foyer John Grier et de tout le reste. Il croit que vous êtes mon tuteur légitime en qualité de vieil ami de la famille. Je ne lui ai pas dit que je ne vous avais jamais vu – cela aurait pu lui paraître étrange !

Quoi qu'il en soit, il a insisté pour que je fasse ce voyage en Europe. C'est selon lui une part importante de mon éducation et je ne devrais pas refuser cette occasion... Lui aussi se trouvera à Paris à la même époque et il me propose de fausser compagnie au chaperon de temps en temps pour m'emmener dîner dans de charmants petits restaurants exotiques.

Eh bien, Papa, je me suis presque laissé tenter et peut-être même aurais-je cédé s'il ne s'était montré si dictatorial. On peut me séduire doucement, par étapes, mais jamais de force. Or il m'a traitée d'enfant gâtée, stupide, illogique, idéaliste, bornée, entêtée (et ce n'est là qu'un échantillon des qualificatifs qu'il a employés). Il a dit que je ne savais pas ce qui était bon pour moi et que je devais laisser les gens d'expérience en décider. Nous nous sommes presque querellés – en fait, je suis même tout à fait sûre que nous l'avons fait !

A la suite de cet incident, j'ai fait rapidement ma malle et me voilà ici. J'ai pensé qu'il valait mieux brûler mes vaisseaux avant de terminer la lettre que je vous écrivais. Ils sont tout à fait consumés à l'heure qu'il est. Je me trouve donc aux Grandes Falaises (c'est le nom de la villa de Mrs. Paterson). Ma malle n'est pas encore défaite et Florence (la cadette) se bat déjà avec la première déclinaison des noms latins. Cela promet d'être une dure bataille ! C'est une enfant gâtée de la pire espèce ; je devrais d'abord lui apprendre à étudier – je crois bien qu'elle ne s'est jamais concentrée sur autre chose dans sa vie que sur les glaces et les sorbets.

Un coin tranquille des falaises nous sert de salle de classe – Mrs. Paterson souhaitant que les leçons aient lieu en plein air – et je dois avouer que moi-même, je trouve difficile de me concentrer avec devant les yeux le panorama splendide de la mer bleue et des voiliers qui passent au loin ! Et quand je pense que je pourrais, en ce moment même, voguer sur l'un d'entre eux, à destination de terres étrangères... mais je ne *veux* pas penser à autre chose qu'à la grammaire latine.

Les prépositions *a* ou *ab, absque, coram, cum, de, e* ou *ex, prae, pro, sine, tenus, in, subter, sub,* et *super* gouvernent l'ablatif.

Vous voyez, Papa, me voilà déjà plongée en plein travail, les yeux résolument fixés vers le but à atteindre pour repousser toute tentation. Ne m'en veuillez pas, je vous en prie, et ne pensez pas que je suis une ingrate et que je n'apprécie pas vos bontés pour moi car je les apprécie, ô combien ! La seule façon de vous témoigner ma reconnaissance est de devenir un Citoyen Très Utile (mais les femmes ont-elles droit au titre de citoyen ? Je n'en suis pas sûre). Disons donc, une Personne Très Utile. Ainsi, quand vous penserez à moi, vous pourrez dire : « J'ai donné au monde une Personne Très Utile. »

Cela sonne bien, n'est-ce pas, Papa ? Mais je ne veux pas vous tromper. Il me vient souvent à l'idée que je ne suis pas du tout remarquable et si cela m'amuse d'envisager une carrière, selon toutes probabilités, je ne serai jamais qu'une personne tout à fait ordinaire. Je pourrais très bien finir par me marier avec un chef d'entreprise et me contenter d'être la muse de ses travaux.

Bien à vous, votre

Judy

19 août

Cher Papa-Longues-Jambes,

La fenêtre de ma chambre donne sur le plus joli paysage qui soit – je devrais dire le plus joli océan-age – rien que des rochers et de l'eau.

L'été s'achève. Je passe mes matinées avec le latin, l'anglais, l'algèbre et mes deux ravissantes idiotes. J'ignore si Marion pourra un jour entrer à l'université, et si elle y entre, comment elle parviendra à y rester. Quant à Florence, son cas est désespéré – mais quelle adorable petite fille ! Je suppose que cela ne fait pas la moindre différence, qu'elles soient stupides ou non, du moment qu'elles sont jolies. Pourtant en les écoutant, on ne peut s'empêcher de penser à quel point leur conversation ennuiera leurs futurs maris, à moins qu'elles n'aient assez de chance pour épouser des hommes aussi stupides qu'elles. C'est encore une possibilité : le monde me paraît être un inépuisable réservoir de sots ; j'en ai rencontré un bon nombre cet été.

L'après-midi, nous faisons une promenade sur les falaises ou bien nous allons nager si la marée le permet. Je nage maintenant comme un vrai poisson d'eau douce – vous voyez que je commence à tirer parti de mon éducation !

Une lettre de Mr. Jervie Pendleton est arrivée de Paris ; c'est une missive plutôt brève et concise ; il ne m'a pas encore pardonné de n'avoir pas suivi son conseil. Pourtant il m'écrit que, s'il ne revient pas trop tard, il viendra passer quelques jours à Lock Willow avec moi avant la rentrée universitaire et si je me montre très sage, douce et soumise, je rentrerai à nouveau (me laisse-t-il entendre) dans ses bonnes grâces.

Reçu également une lettre de Sallie. Elle m'invite à les rejoindre dans leur camp pendant deux semaines en septembre. Dois-je encore vous demander la permission, Papa, ou bien suis-je assez grande pour agir comme bon me semble ? Oui, je le suis – je suis une ancienne, vous savez. Ayant travaillé tout l'été, je me sens le droit de prendre une petite récréation salutaire ; je veux voir les Adirondacks ; je veux voir Sallie et je veux voir le frère de Sallie – il va m'apprendre à canoter – et (c'est en fait mon argument principal et il n'est pas très honorable) je veux que Monsieur Jervie vienne à Lock Willow et qu'il ne m'y trouve pas.

Je *dois* lui montrer qu'il ne peut pas me dicter ma conduite. Personne n'est autorisé à le faire excepté vous, Papa, et là encore, ce n'est pas toujours le cas ! Je vais me promener dans les bois.

Judy

Camp McBride
6 septembre

Cher Papa,

Votre lettre est arrivée trop tard (et je dois avouer que j'en suis heureuse). Si vous voulez que l'on suive vos instructions, il faudra dire à votre secrétaire qu'il me les transmette en moins de deux semaines. Comme vous voyez, je suis ici et j'y suis déjà depuis cinq jours.

Les bois sont merveilleux, le camp est merveilleux, le temps est merveilleux, de même que les McBride et le monde entier. Je suis très heureuse !

Jimmie m'appelle pour faire une partie de canoë sur le lac. Au revoir – désolée de vous avoir désobéi, mais pourquoi êtes-vous si obstiné à me refuser quelques jours de détente ? Après tout un été de travail, je mérite bien ces deux semaines. Je vous trouve terriblement « vieux jeu ».

Et pourtant je vous aime toujours, Papa, malgré tous vos défauts.

Judy

3 octobre

Cher Papa-Longues-Jambes,

Me voici de retour à l'université – une ancienne – et responsable de la publication de notre revue *Le Mensuel.* Il semble à peine croyable qu'une personne aussi cultivée ait pu être, il y a quatre ans, pensionnaire du Foyer John Grier. On grimpe vite les échelons en Amérique !

Que pensez-vous de ça ? Un mot de Monsieur Jervie m'est renvoyé ici par la poste de Lock Willow. Il est vraiment désolé mais il ne lui sera pas possible de me rejoindre cet automne, comme il le pensait ; quelques amis l'ont invité sur un yacht. Il espère que j'ai passé un bon été et que je profite bien de la campagne.

Or il savait pertinemment que j'étais chez les McBride puisque Julia le lui a dit ! Vous les hommes, vous devriez laisser l'intrigue aux femmes ; vous n'avez pas assez de tact pour cela. Julia est revenue avec une malle remplie de vêtements, une nouvelle garde-robe, la plus attrayante qui soit – en particulier une robe du soir en crêpe arc-en-ciel à imprimé Liberty, digne de vêtir tous les anges du paradis. Et moi qui croyais que mes propres habits, cette année, étaient d'une élégance sans précédent (une telle expression existe-t-elle ?). J'ai fait recopier la garde-robe de Mrs. Paterson par une petite couturière et, bien que mes robes ne soient pas tout à fait semblables aux originales, j'en étais tout à fait satisfaite jusqu'à ce que Julia déballe les siennes. Ah ! Le « chic » de Paris !

Mon cher Papa, n'êtes-vous pas content de ne pas être une fille ? Vous devez penser, je suppose, que nous faisons beaucoup d'histoires pour des futilités. C'est vrai, vous avez raison. Mais c'est complètement votre faute.

Connaissez-vous l'histoire du Professeur Herr qui affichait du mépris pour les atours féminins et qui voulait les remplacer par des vêtements pratiques et plus utilitaires ? Sa femme, obligeante créature, avait adopté « la tenue des réformistes ». Et savez-vous la suite ? Il s'est enfui avec une danseuse de cabaret.

A vous, de tout cœur,

Judy

P.-S. La femme de chambre de notre étage porte un tablier en vichy à carreaux bleus. Je vais lui en offrir un à carreaux bruns et jeter le bleu au fond du lac. J'ai un frisson rétrospectif chaque fois que je le regarde.

17 novembre

Cher Papa-Longues-Jambes,

Ma carrière littéraire vient de subir un rude coup ; je ne sais si je dois vous le dire mais j'ai grand besoin de sympathie, d'une sympathie silencieuse, s'il vous plaît ; inutile de rouvrir la blessure en y faisant allusion dans votre prochaine lettre. J'ai passé toutes mes soirées, l'hiver dernier, à écrire un livre. J'y ai aussi consacré mes moments de loisir cet été quand je n'apprenais pas le latin à mes deux petites sottes. Je l'ai terminé juste avant la rentrée universitaire et je l'ai envoyé à un éditeur. Comme il l'a gardé deux mois, j'étais persuadée qu'il allait le publier ; mais, hier matin, un paquet est arrivé par la poste en exprès (coût trente cents). C'est l'éditeur qui me renvoyait mon livre accompagné d'une lettre – ô une très gentille lettre, écrite d'un ton paternel, mais tout à fait franche ! D'après mon adresse, il concluait que j'étais encore à l'université et si je voulais bien accepter ses conseils, il me suggérait de mettre toute mon énergie à obtenir mes diplômes avant de commencer à écrire. Il joignait son rapport de lecture. Le voici :

« Intrigue hautement improbable. Caractères exagérés. Conversation peu naturelle. Une bonne dose d'humour mais pas toujours du meilleur goût. Dites-lui de continuer à écrire ; avec le temps, elle arrivera peut-être à produire un vrai livre. »

Loin d'être flatteur n'est-ce pas, Papa ? Et moi qui pensais faire une contribution honorable à la littérature américaine ! Vraiment, je l'ai cru. Je voulais vous faire une surprise en écrivant un grand roman avant la fin de mes études. J'en ai recueilli le matériel quand j'étais chez Julia à Noël. Mais je dois avouer que l'éditeur a raison. Deux semaines, ce n'est pas assez pour observer les us et coutumes d'une grande ville.

J'ai pris mon manuscrit hier après-midi en allant faire une promenade et en passant devant l'installation à gaz, je suis entrée et j'ai demandé à l'ingénieur si je pouvais utiliser sa chaudière. Il m'en a ouvert la porte poliment et, alors, de mes propres mains, j'ai jeté mon manuscrit au feu. J'ai eu l'impression que je sacrifiais mon propre enfant !

Je me suis couchée la nuit dernière en proie à un profond désespoir ; je me disais que je n'étais plus bonne à rien et que vous aviez dépensé votre argent en vain. Mais le croirez-vous ? Ce matin, je me réveille avec une nouvelle idée en tête, une intrigue magnifique, et je n'ai pas cessé d'y penser toute la journée et d'imaginer les différents personnages de mon histoire avec autant d'enthousiasme qu'il est possible. On ne peut pas m'accuser de pessimisme ! Si du jour au lendemain mon mari et mes enfants disparaissaient dans un tremblement de terre, je crois que je me redresserais le lendemain matin, le sourire aux lèvres et que je chercherais à les remplacer.

Affectueusement,

Judy

14 décembre

Cher Papa-Longues-Jambes,

J'ai fait le rêve le plus étrange qui soit la nuit dernière. J'entrais dans une librairie et l'employé m'apportait un nouveau livre intitulé : *Vie et Correspondance de Judy Abbott.* Je le voyais très clairement avec sa reliure de toile rouge et la photo du Foyer John Grier sur la couverture. Mon portrait était en frontispice avec la légende « Sincèrement vôtre, Judy Abbott ». Je tournais les pages et au moment où j'allais lire l'inscription gravée sur ma tombe, je me réveillais. Quel ennui ! Moi qui étais sur le point de savoir qui je vais épouser et quand je vais mourir !

Croyez-vous qu'il serait intéressant de pouvoir lire l'histoire de sa propre vie, parfaitement consignée dans tous ses détails par un auteur omniscient ? Supposez en outre que vous ne puissiez la lire qu'à cette condition : que vous ne l'oublierez jamais et que vous devrez continuer à vivre en sachant exactement tout ce qui va vous arriver, y compris l'heure et la date de votre mort ? Combien de gens, d'après vous, auraient le courage de lire ce livre ? et combien seraient capables – en réprimant leur curiosité – de renoncer à cette lecture, même au prix de devoir vivre sans espoir et sans surprises ?

La meilleure des vies est déjà une routine assez monotone : il faut si souvent manger et dormir. Mais imaginez l'ennui mortel d'une vie dans laquelle rien d'inattendu ne se produirait entre les repas ! Mon Dieu, Papa ! je viens de faire un pâté, mais je suis à la troisième page et je ne peux pas tout recommencer.

Je continue les cours de biologie cette année, sujet très intéressant ; pour l'instant, nous étudions le système digestif. Vous devriez voir au microscope la coupe transversale du duodénum d'un chat : absolument adorable ! Nous abordons également la philosophie – intéressant mais évanescent – je préfère la biologie où l'on peut carrément épingler son sujet au tableau avant d'en discuter. Ah ! un autre pâté ! et encore un autre ! Cette plume verse d'abondantes larmes. Excusez-la.

Croyez-vous au libre arbitre ? Moi, j'y crois sans restriction. Je ne suis pas du tout d'accord avec les philosophes qui pensent que chacune de nos actions est absolument inévitable et le résultat automatique d'un concours de circonstances ayant ses racines dans un passé lointain. C'est bien la doctrine la plus immorale que j'ai entendue – cela voudrait dire que personne n'est jamais responsable de quoi que ce soit. Si un homme croyait vraiment en la fatalité, il lui suffirait de se croiser les bras et de dire : « Que la volonté de Dieu soit faite. » Et il resterait assis là jusqu'à son dernier souffle.

Je crois avec la plus grande conviction dans mon libre arbitre et dans mon pouvoir d'accomplissement – c'est la foi qui déplace les montagnes. Vous assistez, Papa, à la naissance d'un grand écrivain ! J'ai terminé quatre chapitres de mon nouveau livre et j'en ai cinq en chantier.

Voilà une lettre bien confuse. Ne vous a-t-elle pas donné mal à la tête ? Je pense que nous allons nous arrêter là et faire du caramel. Désolée de ne pouvoir vous en envoyer un morceau ; il promet d'être particulièrement bon car nous allons y mettre de la vraie crème et trois mottes de beurre.

Affectueusement,

Judy

P.-S. Nous improvisons une danse de caractère au cours de gymnastique. D'après le dessin ci-joint, vous pouvez voir que c'est un vrai ballet. La dernière du groupe qui fait une gracieuse pirouette, c'est moi – je veux dire, moi-même.

26 décembre

Mon cher, cher Papa,

Avez-vous perdu l'esprit ? Ignorez-vous que l'on ne *peut* pas offrir à une fille de mon âge dix-sept cadeaux de Noël ? Rappelez-vous, s'il vous plaît, que je suis socialiste ; ou préférez-vous que je devienne ploutocrate ?

Imaginez quel embarras ce serait si jamais nous nous querellons ! Je devrais louer une voiture de déménagement pour vous retourner vos présents.

Désolée que l'écharpe soit un peu lâche ; je l'ai tricotée moi-même (comme vous avez dû vous en rendre compte). Vous pourrez la porter les jours de grand froid en remontant votre pardessus.

Merci mille fois, mon cher Papa. Je pense que vous êtes l'homme le plus merveilleux et aussi le plus fou qui ait jamais existé !

Judy

Ci-joint un trèfle à quatre feuilles que j'ai trouvé au camp McBride ; il vous portera bonheur pour cette nouvelle année.

9 janvier

Voulez-vous faire un geste, Papa, qui assurera votre salut éternel ? Il y a ici une famille qui se trouve dans une situation désespérée. La mère, le père et quatre enfants (deux garçons plus âgés ont disparu pour aller faire fortune et n'ont plus donné signe de vie). Le père était employé dans une fabrique de verrerie – travail très malsain ; il a contracté la tuberculose et on l'a envoyé à l'hôpital. Cela leur a coûté toutes leurs économies et la charge de la famille repose maintenant sur les épaules de la fille aînée, âgée de vingt-quatre ans. Elle confectionne des robes à une livre cinquante la journée (quand on lui donne du travail) et passe ses soirées à broder des nappes. La mère, d'une santé fragile, est pieuse et inefficace. Elle reste assise pendant des heures, les mains jointes – image vivante de parfaite résignation – tandis que la fille se tue au travail et se débat au milieu des pires difficultés. Cette dernière ne sait pas comment ils vont passer l'hiver – et je ne le sais pas non plus. Il faudrait cent dollars, de quoi acheter une provision de charbon et des chaussures pour les trois enfants, afin de les envoyer à l'école. Cela lui donnerait une petite marge en lui permettant d'attendre du travail sans se ronger les sangs.

Vous êtes, Papa, l'homme le plus riche que je connaisse. Vous serait-il possible de dépenser cent dollars ? Cette fille mérite d'être aidée bien plus que moi et c'est uniquement en pensant à elle que je vous fais cette demande ; je me moque bien de ce qui peut arriver à sa mère qui est une vraie pâte de guimauve !

La façon qu'ont les gens de lever les yeux au ciel en disant « c'est sans doute pour le mieux », alors qu'ils sont persuadés du contraire, a le don de me rendre enragée. Cette soi-disant humilité ou résignation – quel que soit le nom que vous lui donniez – n'est selon moi que paresse et impuissance. Je suis adepte d'une religion plus militante !

Nos cours de philo m'épouvantent : toute l'œuvre de Schopenhauer à étudier pour demain. Le professeur semble ignorer que nous avons d'autres matières au programme. C'est un curieux vieux bonhomme qui marche la tête dans les nuages et cligne de l'œil d'un air hébété quand il lui arrive occasionnellement de rencontrer la terre ferme. Il essaie vainement d'alléger ses exposés par des mots d'esprit – et nous faisons de notre mieux pour sourire – mais je vous assure que ses plaisanteries n'ont rien de drôle. Il passe le plus clair de son temps à se demander si la matière existe vraiment ou s'il pense seulement qu'elle existe.

Je suis sûre que ma petite couturière n'a aucun doute en la matière !

Où en est mon roman, me direz-vous ? Il est dans la corbeille à papier. J'ai pu me rendre compte par moi-même qu'il ne valait rien et quand un auteur a cette opinion à propos de son propre livre, il peut aisément augurer de celle que lui réserverait l'œil critique du public.

Plus tard

Je vous écris, Papa, sur mon lit de douleur. Me voilà couchée depuis deux jours avec les amygdales enflées ; un peu de lait chaud est tout ce que je peux avaler. « A quoi pensaient vos parents pour ne pas vous avoir fait enlever les amygdales quand vous étiez petite ? » m'a demandé le docteur. Je n'en sais rien, mais je suis sûre qu'ils ne pensaient pas à moi.

Bien à vous,

J.A.

Le lendemain

Je viens de relire ma lettre avant de la cacheter. Je ne comprends pas « pourquoi » l'atmosphère en est si voilée de brume. Je m'empresse de vous rassurer en ajoutant que je me sens jeune, heureuse et enthousiaste ; et je suis persuadée que vous l'êtes aussi. La jeunesse n'a rien à voir avec l'âge de la naissance, mais seulement avec *la vivacité* d'esprit. Malgré vos cheveux gris, mon cher Papa, vous pouvez être encore un petit garçon.

Affectueusement,

Judy

12 janvier

Cher M. le Philanthrope,

Votre chèque pour la famille est arrivé hier. Mille mercis ! J'ai manqué le cours de gymnastique pour le leur porter immédiatement après le déjeuner. Vous auriez dû voir l'expression du visage de la jeune fille ! Elle était si surprise, si heureuse et si soulagée qu'elle avait l'air toute rajeunie. Dire qu'elle a seulement vingt-quatre ans ! N'est-ce pas pitoyable ?

Quoi qu'il en soit, elle a maintenant l'impression que tout va s'arranger pour eux. Elle a obtenu un travail pour deux mois – une jeune fille qui se marie lui a demandé de faire son trousseau.

– Dieu soit loué ! s'est écrié la mère quand elle a compris que ce bout de papier était un billet de cent dollars.

– Ce n'est pas Dieu qu'il faut remercier, ai-je dit, c'est Papa-Longues-Jambes. (J'ai dit « Mr. Smith ».)

– Mais c'est le bon Dieu qui lui en a donné l'idée, a-t-elle dit.

– Pas du tout ! C'est moi, ai-je répondu.

Ce qui est sûr, Papa, c'est que le bon Dieu vous récompensera comme vous le méritez. Je crois bien que vous avez gagné par cette action une remise de cent mille ans sur vos années de purgatoire.

Votre très reconnaissante,

Judy Abbott

15 février

Selon le bon plaisir de Son Excellence, Votre Majesté :

Ce matin, au petit déjeuner, j'ai dévoré un pâté de dinde froid et je me suis fait servir une tasse de thé de Chine dont je goûtais pour la première fois.

Soyez sans inquiétude, Papa, je n'ai pas perdu l'esprit ; je cite simplement Sam'l Pepys. Nous sommes en train de le lire dans le texte original en relation avec notre cours sur l'histoire de l'Angleterre. Sallie, Julia et moi-même conversons maintenant dans la langue de 1660. Écoutez plutôt :

« Je me suis rendu à Charing Cross pour assister à l'exécution du Major Harrison. On l'a pendu, étiré, écartelé : il semblait aussi enjoué qu'il est possible pour un homme dans sa condition. » Et encore ceci : « J'ai dîné hier au soir avec mon amie qui porte gracieusement le deuil de son frère mort la veille de petite vérole. »

Cela semble un peu tôt pour faire la fête, vous ne trouvez pas ? Un ami de Pepys a conçu une façon avisée par laquelle le roi peut payer ses dettes en vendant aux pauvres du pays des provisions de bouche avariées. Que pensez-vous d'un tel procédé, vous qui êtes un réformiste ? Je ne crois pas que de nos jours nous soyons tombés aussi bas que les journaux veulent bien nous le faire croire.

Samuel apportait autant de soin à sa toilette qu'une fille ; il passait cinq fois plus de temps à s'habiller que sa femme – cette époque semble avoir été l'âge d'or des maris. N'est-ce pas là une touchante remarque ? En fait, il était foncièrement honnête. « J'ai reçu aujourd'hui mon nouveau manteau Camlett à boutons dorés, qui m'a coûté très cher et je prie Dieu de m'aider à trouver un moyen de le payer. »

Pardonnez-moi de vous parler tant de Pepys : je prépare un exposé sur lui.

Que dites-vous de ça, Papa ? L'Association de la libre intendance vient d'abolir l'interdiction des 10 heures du soir. Nous pouvons maintenant garder nos lampes allumées toute la nuit si nous le désirons ; la seule restriction est que nous ne devons pas troubler le repos de nos voisines – et donc nous n'avons pas de droit de nous réunir. Cette abolition m'inspire un beau commentaire sur la nature humaine. A présent que nous avons la possibilité de rester éveillées aussi longtemps que nous le désirons, nous n'en avons plus le désir. Nos têtes commencent à dodeliner vers 9 heures et à 9 heures 30, les plumes nous tombent des mains – il est justement 9 heures 30. Bonne nuit.

Dimanche

Je rentre de la chapelle. Cette fois, le prêtre venait de Géorgie. Il a dit dans son prêche que nous devons veiller à ne pas développer notre intellect aux dépens de notre nature sensible. Pourtant c'était un pauvre sermon desséché (encore du Pepys). Peu importe d'où viennent ces prêtres – des États-Unis ou du Canada – et quelle est leur secte, ils nous tiennent toujours le même sermon. Pourquoi diable ne vont-ils pas dans les universités de garçons pour exhorter les étudiants à ne pas laisser leur mental étouffer leur nature virile ?

Il fait un temps magnifique : l'air est glacial, gelé, cristallin. Aussitôt après le déjeuner, Sallie, Julia, Marty Keen et Eleanor Pratt (ce sont des amies dont je ne vous ai pas encore parlé) et moi-même, nous allons nous mettre en tenue et faire une marche à travers champs jusqu'à la ferme de Crystal Spring pour manger du poulet frit et des gaufres. Mr. Crystal Spring nous ramènera dans sa carriole. Nous devrions regagner le campus à 7 heures, mais nous avons décidé de faire un extra ce soir et de rentre à 8 heures.

Au revoir, gentil seigneur.

J'ai bien l'honneur de me déclarer,

Votre très loyale, soumise, obéissante et fidèle servante,

J. Abbott

5 mars

Cher Membre Bienfaiteur,

C'est demain le premier mercredi du mois, une journée pénible au Foyer John Grier. Quel soulagement pour ses pensionnaires lorsque à 5 heures les bienfaiteurs tapoteront la tête de leur dernier petit orphelin avant de se retirer ! M'avez-vous jamais tapoté la tête, Papa ? Je ne crois pas – il n'y a dans mon souvenir que des bienfaiteurs bedonnants.

Dites toute mon affection au Foyer – ma sincère affection. J'éprouve un sentiment de tendresse lorsque je jette un regard en arrière sur la maison de mon enfance, à travers le voile de ces quatre années. Lors de mon entrée à l'université, j'avais encore un certain ressentiment contre une institution qui m'avait privée, me semblait-il, d'une enfance normale, commune à toutes les autres filles, mais, à présent, cela ne m'ennuie pas le moins du monde et je considère ma situation plutôt comme une aventure inhabituelle qui m'a permis de considérer la vie d'un point de vue différent. Devenue adulte, j'ai une perspective sur le monde qui fait défaut à la plupart des gens qui ont reçu une éducation plus classique.

Je connais des tas de filles (Julia, par exemple) qui n'ont jamais conscience de leur bonheur. Elles sont si accoutumées à leur état de bien-être que leurs sens, presque émoussés, ne leur permettent pas de l'apprécier ; mais, en ce qui me concerne, je sens parfaitement, à chaque moment de ma vie, que je suis heureuse. Et j'ai l'intention de conserver ce sentiment, quelles que soient les épreuves qui se présenteront. Je suis prête à les considérer comme des expériences intéressantes (même le mal aux dents) et décidée à les accepter comme telles. « Quel que soit le sort que le ciel me réserve, mon cœur est prêt à tous les destins. »

Pourtant, Papa, ne prenez pas cette nouvelle affection pour le F.J.G. trop au sérieux. Si un jour, j'ai cinq enfants comme Rousseau, je ne les abandonnerai certainement pas sur les marches d'un orphelinat en vue de leur assurer une éducation « naturelle ».

Transmettez à Mrs. Lippett mes meilleures salutations (c'est, je crois, l'expression qui convient quand je pense à elle ; affection serait un terme exagéré) et n'oubliez pas de lui dire quel magnifique caractère j'ai développé.

Affectueusement,

Judy

Lock Willow
4 avril

Cher Papa,

Avez-vous remarqué le cachet de la poste ? Sallie et moi égayons Lock Willow par notre présence durant les vacances de Pâques. Nous avons décidé que la meilleure chose à faire pendant ces dix jours, c'était de venir nous reposer ici. Nos nerfs n'auraient pas supporté un repas de plus au pavillon Fergussen. Déjeuner dans une salle avec quatre cents filles est une véritable épreuve quand vous êtes fatigué. Il y a tellement de bruit qu'il est impossible d'entendre la personne assise en face de vous, à moins qu'elle ne vous parle en se servant de ses mains comme d'un mégaphone. C'est la pure vérité.

Nous parcourons les collines, nous lisons, nous écrivons et passons agréablement le temps. Ce matin, nous avons escaladé la Colline du Ciel, un lieu où Monsieur Jervie et moi-même avions cuit notre dîner en plein air, il y a presque deux ans. Comme le temps a passé vite ; il me semble que c'était hier. J'ai reconnu l'endroit car les rochers noircis par la fumée portent encore la trace de notre passage. C'est drôle comme certains lieux restent associés dans notre mémoire à certaines gens et vous ne pouvez y retourner sans penser à eux. Mon cœur s'est serré en pensant à lui et, l'espace d'une seconde, il m'a manqué.

Que pensez-vous, Papa, de ma dernière occupation ? Vous allez finir par croire que je suis incorrigible : j'écris un livre. Je l'ai commencé il y a trois semaines et il avance à grandes enjambées. Je connais le secret, maintenant. Monsieur Jervie et l'éditeur avaient raison ; on est plus convaincant quand on parle de ce que l'on connaît. Et cette fois, il s'agit d'un sujet que je possède parfaitement. Devinez où se passe l'action ? Au Foyer John Grier ! Je parle des petits faits de la vie quotidienne et je crois que j'ai trouvé le ton juste, car je suis devenue une réaliste. J'ai abandonné le romantisme ; j'y reviendrai sans doute plus tard, quand je raconterai mes futures aventures.

J'ai décidé que ce livre serait terminé et publié ! Je vous promets qu'il le sera. Quand on désire quelque chose avec assez de force et que l'on y travaille sans se décourager, elle finit par se réaliser. Pendant quatre ans, j'ai espéré recevoir une lettre de vous et je n'ai pas encore renoncé.

Au revoir, Petit Papa.

(J'aime bien vous appeler Petit Papa : c'est une si jolie allitération !)

Affectueusement,

Judy

P.-S. J'ai oublié de vous donner des nouvelles de la ferme, mais elles sont plutôt alarmantes. Ne lisez pas ce post-scriptum si vous avez le cœur sensible.

Le pauvre vieux Grove est mort. Il ne pouvait plus se nourrir et on a dû l'abattre.

La semaine dernière, neuf poules ont été tuées par une belette, par une moufette, ou par un rat !

Une des vaches est malade et on a dû appeler le vétérinaire de Bonnyring Corners. Amasai a passé la nuit auprès d'elle pour lui donner de l'huile de lin et du whisky. Mais on soupçonne fortement que la pauvre vache n'a bu que de l'huile de lin.

Le petit Tommy (ce chat avec un pelage couleur de tortue) a disparu ; nous craignons qu'il ne soit tombé dans un piège.

Il y a bien des malheurs dans ce monde !

17 mai

Cher Papa-Longues-Jambes,

Ma lettre ne sera pas très longue, car la seule vue d'une plume me donne des douleurs à l'épaule. Notes de lecture pendant la journée et roman immortel à rédiger le soir : cela fait beaucoup d'écriture.

La remise des diplômes aura lieu dans trois semaines à compter de mercredi prochain. J'espère que vous pourrez y assister et faire ma connaissance – je vous déteste si vous ne venez pas ! Julia a invité Monsieur Jervie pour représenter sa famille, et Sallie, Jimmie McBride pour représenter la sienne ; mais qui puis-je inviter ? Seulement vous et Mrs. Lippett ; or, je ne tiens pas à Mrs. Lippett. Venez, je vous en prie.

Bien à vous, avec toute mon affection et la crampe de l'écrivain.

Judy

Lock Willow
19 juin

Cher Papa-Longues-Jambes,

Mon éducation est terminée ! Mon diplôme repose dans le dernier tiroir de ma commode, à côté de mes deux plus belles robes. La cérémonie a eu lieu comme d'habitude avec quelques averses aux moments cruciaux. Merci pour vos adorables boutons de roses. Monsieur Jervie et Monsieur Jimmie m'ont également offert des roses mais j'ai laissé les leurs dans la baignoire et j'ai porté les vôtres pendant la procession.

Je me trouve maintenant à Lock Willow pour tout l'été, peut-être pour toujours. La pension est modeste ; les alentours paisibles incitent à la vie littéraire. Que souhaiterait de plus un auteur qui désire travailler sans relâche ? Je ne pense qu'à mon livre. J'y pense dès mon lever et j'en rêve la nuit. Il me faut seulement un lieu calme et tranquille et beaucoup de temps pour écrire (avec quelques bons repas ici et là).

Monsieur Jervie viendra passer une semaine ou plus, au mois d'août ; et Jimmie McBride passera certainement au cours de l'été. Il travaille à présent pour une société financière et sillonne la contrée à la recherche de clients. Il va profiter de son passage à la Banque nationale de l'Agriculture des Corners pour me rendre visite.

Comme vous voyez, Lock Willow n'est pas un lieu totalement isolé. J'avais encore l'espoir de vous voir arriver en automobile, mais je sais à présent qu'il me faut y renoncer. En ne vous voyant pas à la remise des diplômes, je vous ai arraché de mon cœur et vous ai enterré à jamais.

Judy Abbott, licenciée ès lettres

24 juillet

Très cher Papa-Longues-Jambes,

N'est-ce pas merveilleux de travailler ou bien cela ne vous est-il jamais arrivé ? C'est surtout amusant quand votre occupation est ce que vous aimez faire le plus au monde. J'ai passé chaque moment de cet été à écrire aussi vite que ma plume le permettait et mon seul point de désaccord avec la vie, c'est que les journées sont trop courtes pour pouvoir coucher sur le papier toutes les belles, les précieuses, les divertissantes pensées qui me viennent à l'esprit.

J'ai terminé la deuxième esquisse de mon livre et j'ai l'intention de commencer la troisième demain, à 7 heures et demie du matin. C'est le livre le plus émouvant qui soit – vraiment, Papa. Je ne peux penser à rien d'autre. Le matin, j'ai hâte de m'habiller et de déjeuner pour m'installer à ma table ; et là, j'écris, j'écris, j'écris jusqu'à ce que je sois trop fatiguée pour continuer et que je sente tous mes membres endoloris par l'effort. Alors, je sors me promener avec Colin (le nouveau chien de berger) ; je bats la campagne et je récolte une nouvelle moisson d'idées pour le lendemain. Ce sera le livre le plus merveilleux qui soit – oh, pardon – je vous l'ai déjà dit.

Croyez-vous que je me vante, petit Papa ?

Honnêtement, je ne le pense pas ; je suis seulement dans la phase d'enthousiasme. Plus tard, je serai peut-être froide, critique et dédaigneuse à son sujet. Et puis non, je suis sûre que non ! J'ai écrit cette fois un vrai livre. Attendez de voir le résultat.

Je vais essayer pendant deux minutes de parler d'autre chose. Vous ai-je déjà dit qu'Amasai et Carrie se sont mariés en mai dernier ? Ils travaillent encore à la ferme, mais autant que j'en puisse juger, le mariage les a gâtés tous deux. Carrie avait coutume de rire quand elle voyait Amasai patauger dans la boue ou renverser les cendres sur le plancher, mais à présent, vous devriez entendre comme elle le rabroue ! Et puis, elle ne fait plus boucler ses cheveux comme autrefois. Amasai, si serviable quand on lui demandait de battre les tapis ou de porter du bois, se contente de grommeler quand on lui fait semblable requête. Et il a remplacé ses cravates rouges et pourpres par des cravates miteuses, sombres ou carrément noires. J'ai pris la décision de ne jamais me marier : le mariage est évidemment un processus de détérioration.

Il n'y a pas beaucoup de nouvelles de la ferme. Les animaux sont tous en parfaite santé. Les cochons engraissent remarquablement, les vaches semblent satisfaites et les poules pondent régulièrement. Vous intéressez-vous à la volaille ? Dans ce cas, permettez-moi de vous recommander l'inappréciable petit livre intitulé : *Deux cents œufs par poule et par an.* J'ai le projet de me procurer une couveuse au printemps prochain et de commencer un élevage de poulets. Comme vous voyez, je m'installe à Lock Willow de façon permanente. J'ai décidé d'y rester jusqu'à ce que j'aie écrit cent quatorze romans, comme la mère d'Antony Trollope. La tâche de ma vie achevée, je pourrai alors prendre ma retraite et voyager.

Mr. James McBride est passé nous voir dimanche dernier. Nous avons eu du poulet frit et de la glace au dîner, et il semble les avoir appréciés tous deux. J'étais très contente de le voir : il m'a rappelé un moment que le vaste monde existe. Pauvre Jimmie ! Il a du mal à placer ses titres. La Banque de l'Agriculture des Corners n'en a pas voulu en dépit du fait qu'on leur offrait six ou même sept pour cent d'intérêts. Je pense qu'il finira par retourner à Worcester et à prendre un travail dans l'usine de son père. Il est d'un naturel trop confiant et il a trop bon cœur pour réussir dans les finances. Mais la direction d'une fabrique florissante de salopettes est une situation enviable, vous ne trouvez pas ? Pour l'instant, il fait la fine bouche devant les salopettes, mais il y viendra certainement.

J'espère que vous apprécierez la longueur de ma lettre venant d'une personne qui a la crampe des écrivains. Mais je vous aime tant, petit Papa, et je suis si heureuse. Un magnifique paysage environnant, une abondante nourriture, un lit à quatre colonnes très confortable, une rame de papier blanc – avec une bonne réserve d'encre – que peut-on désirer de plus sur la terre ?

Bien à vous, comme toujours,

Judy

P.-S. Le facteur vient de nous porter une lettre : Monsieur Jervie arrivera vendredi prochain pour passer une semaine à Lock Willow. Voilà une heureuse perspective – je crains seulement que mon pauvre roman ne pâtisse de cette visite. Monsieur Jervie est très exigeant.

27 août

Cher Papa-Longues-Jambes,

Où êtes-vous en ce moment ? Je me le demande.

Je ne sais jamais dans quelle partie du monde vous vous trouvez, mais j'espère que ce n'est pas à New York avec cette horrible canicule. Je vous imagine plutôt sur un pic montagneux (pas dans les montagnes suisses, mais quelque part plus près) en train de regarder la neige en pensant à moi. Je vous en prie, Papa, pensez à moi. Je me sens abandonnée et j'ai tellement besoin que l'on pense à moi. Oh, Papa, Comme j'aimerais vous connaître ! Nous pourrions alors nous consoler l'un l'autre quand nous sommes malheureux.

Je ne crois pas pouvoir supporter davantage de rester à la ferme. J'ai l'intention de déménager. Sallie a accepté un travail d'aide sociale à Boston, l'hiver prochain. Pensez-vous que je pourrais l'accompagner ? Nous pourrions partager un studio. J'écrirais le jour pendant qu'elle travaillerait et nous nous retrouverions le soir. Les soirées sont terriblement longues quand il n'y a personne d'autre à qui parler que les Semple, Carrie et Amasai. Je sais d'avance que mon idée de studio ne vous plaira pas. Je peux déjà m'imaginer la lettre de votre secrétaire :

Miss Jerusha Abbott.

Chère Mademoiselle,

Mr. Smith préfère que vous restiez à Lock Willow.

Sincèrement vôtre,

Elmer H. Griggs

Je déteste votre secrétaire. Je suis sûre qu'un homme qui s'appelle Elmer H. Griggs ne peut être qu'un horrible individu. Sérieusement, Papa, je pense que je devrais aller à Boston. Je ne peux pas rester ici. Si quelque chose n'arrive pas dans les jours qui viennent, je me jetterai dans le silo dans un accès de désespoir.

Mon Dieu, quelle chaleur ! Toute l'herbe de la prairie est brûlée, les ruisseaux sont à sec et les routes poussiéreuses. Il n'a pas plu depuis des semaines. En lisant cette lettre, vous pourriez croire que je souffre d'hydrophobie. Il n'en est rien. J'ai seulement besoin d'un peu d'affection.

Au revoir, mon très cher Papa.

J'aimerais tant vous connaître.

Judy

Lock Willow
19 septembre

Cher Papa,

Il s'est passé quelque chose de grave et j'ai besoin de vos conseils. C'est vous et vous seul qui pouvez m'aider. Est-ce que je ne pourrais pas vous voir ? C'est tellement plus facile de parler que d'écrire ; et j'ai peur que votre secrétaire n'ouvre ma lettre.

Judy

P.-S. Je suis très malheureuse.

Lock Willow
3 octobre

Cher Papa-Longues-Jambes,

Une petite note écrite de votre main – d'une jolie écriture un peu tremblée – est arrivée ce matin. Je suis désolée d'apprendre que vous avez été malade ; je ne vous aurais pas ennuyé avec mes affaires personnelles si je l'avais su. Oui, je vais vous dire de quoi il s'agit, mais c'est un sujet délicat et d'ordre « très privé ». Aussi brûlez ma lettre quand vous l'aurez lue.

Avant tout, je vous envoie un chèque de mille dollars. C'est plutôt étrange de ma part de vous envoyer un chèque, n'est-ce pas ? Et d'où vient-il, me direz-vous ?

J'ai vendu mon roman, Papa. Il va être publié d'abord en feuilleton pendant sept semaines, puis il paraîtra sous forme de livre ! Vous pourriez croire que je délire de joie ? Eh bien, il n'en est rien. Cela me laisse parfaitement indifférente. Bien sûr, je suis contente de commencer à vous rembourser – je vous dois encore plus de deux mille dollars – et ceci est mon premier versement. Ne soyez donc pas cruel, en les refusant ; cela me rend si heureuse de pouvoir vous les envoyer. Je vous dois bien plus que de l'argent et je continuerai à m'acquitter de ma dette envers vous pendant toute ma vie par ma reconnaissance et mon affection.

Et maintenant Papa, en ce qui concerne l'autre sujet, j'attends de vous les conseils d'un homme d'expérience, et surtout un avis sincère, qu'il me plaise ou non.

Vous savez que j'ai toujours eu un sentiment très particulier pour vous ; vous êtes en quelque sorte ma seule famille ; mais vous ne serez pas fâché, n'est-ce pas ? si je vous avoue éprouver un sentiment encore plus particulier pour un autre homme. Vous pouvez sûrement deviner sans difficultés de qui il s'agit. J'ai l'impression que mes lettres ont été pleines de Monsieur Jervie ces derniers temps.

J'aimerais vous faire comprendre quel genre de personne il est et à quel point nous nous entendons bien. Nous pensons de même sur tout – en fait, je crains d'avoir une tendance à calquer mes idées sur les siennes ! Mais il a presque toujours raison ; et c'est normal, n'est-ce pas ? puisqu'il a quatorze ans d'avance sur moi. Mais, d'un autre côté, il n'est qu'un petit garçon qui aurait oublié de grandir et il a vraiment besoin qu'on s'occupe de lui – par exemple, il n'aura pas l'idée de mettre ses chaussures de pluie quand il pleut. Lui et moi, nous rions toujours des mêmes choses et les occasions ne manquent pas ; ce doit être terrible de vivre avec quelqu'un qui n'a pas le même sens de l'humour que vous et je ne crois pas qu'il y ait dans ce cas de précipice plus dur à combler !

De plus, il est – oh ! il est tout simplement lui et il me manque, il me manque, il me manque terriblement. Le monde entier me semble vide et douloureux. Je hais le clair de lune parce que c'est un spectacle magnifique et qu'il n'est pas là pour en jouir avec moi. Mais peut-être avez-vous déjà été amoureux, Papa, et vous comprenez ce dont je parle. Dans ce cas, point n'est besoin de vous expliquer et sinon, je ne peux m'expliquer davantage.

Enfin, voilà mon sentiment – et pourtant, j'ai refusé de l'épouser.

Je ne lui ai pas dit pourquoi ; je me sentais misérable et incapable d'en dire plus. Impossible de sortir un mot. Et maintenant il est parti en s'imaginant que je veux épouser Jimmie McBride – ce qui est complètement faux, je ne pourrai jamais épouser Jimmie ; il n'a pas assez de maturité. Mais Monsieur Jervie et moi nous sommes tombés dans la pire des confusions et nous sommes blessés mutuellement. Ce n'est pas par manque d'amour que j'ai refusé sa demande, mais parce que je l'aime trop. J'avais peur qu'il ne le regrette plus tard et je ne pouvais pas en accepter l'idée ! Il ne me semble pas juste pour une personne telle que moi, qui ne connaît rien de ses origines, de rentrer dans une famille comme la sienne. Je ne lui ai jamais parlé de l'orphelinat et je déteste l'idée d'avoir à lui avouer que je ne sais pas qui je suis. Je peux être *épouvantable,* vous savez. De plus sa famille est fière – et j'ai, moi aussi, ma fierté !

En outre, je me sens des obligations envers vous. Après avoir reçu l'éducation d'un écrivain, je dois au moins essayer d'en devenir un ; il ne serait pas très juste d'accepter de faire des études puis de vous dire au revoir sans en faire usage. Pourtant, maintenant que je suis sur le point de pouvoir vous rembourser cet argent, je sens que je me suis en partie déchargée de ma dette ; et je suppose que je pourrai continuer à écrire même après mon mariage. Les deux professions ne s'excluent pas forcément.

J'ai beaucoup réfléchi à tout cela. Naturellement, Monsieur Jervie est socialiste et ses idées ne sont pas conventionnelles : il pourrait peut-être accepter d'épouser quelqu'un du prolétariat, cela s'est déjà vu. Peut-être aussi que, lorsque deux personnes s'entendent parfaitement et sont toujours heureuses d'être ensemble et malheureuses d'être séparées, elles ne devraient tenir pour rien toute autre considération. Naturellement, je *veux* le croire ! Mais je voudrais aussi avoir votre opinion sur la question, Papa. Vous avez probablement une Famille aussi et vous pourrez voir la chose de façon objective et non d'un simple point de vue humain, affectif. J'espère que vous appréciez mon courage de m'en ouvrir à vous.

Supposez que j'aille trouver Monsieur Jervie pour lui dire que l'obstacle entre nous n'est pas Jimmie mais le Foyer John Grier – ne serait-ce pas là une déclaration terrifiante ? Il me faudrait beaucoup d'audace pour faire un tel aveu. Mieux vaut, je crois, rester malheureuse pour le restant de mes jours.

Notre dernière entrevue a eu lieu il y a deux mois ; depuis, pas la moindre nouvelle. J'étais sur le point de m'accoutumer plus ou moins à ma situation de cœur brisé quand une lettre de Julia a tout remis en question. Elle m'écrit – tout à fait par hasard – qu'« oncle Jervie » a été pris la nuit dans une tempête alors qu'il était à la chasse au Canada et que depuis il est malade avec une pneumonie. Et je n'en savais rien. J'étais blessée parce qu'il avait disparu tout d'un coup sans plus donner signe de vie. Je pense qu'il doit être très malheureux et, quant à moi, je le suis sans aucun doute !

Que dois-je faire, à votre avis ?

Judy

6 octobre

Très cher Papa-Longues-Jambes,

Oui, bien sûr, je viendrai – mercredi prochain, à 4 heures et demie. *Bien sûr* que je trouverai mon chemin. Je suis déjà venue trois fois à New York et je ne suis plus tout à fait un bébé. J'ai peine à imaginer que je vais vraiment vous voir. J'ai si longtemps *pensé* à vous, que j'ai du mal à croire que vous existez vraiment en chair et en os.

Vous êtes trop bon, Papa, de vous déranger pour moi, alors que vous êtes encore convalescent. Surtout ne prenez pas froid. Ces pluies diluviennes sont dangereuses.

Affectueusement,

Judy

P.-S. Une horrible pensée me vient à l'esprit. Avez-vous un majordome ? J'ai peur des majordomes et si vous en avez un et qu'il m'ouvre la porte, je m'évanouirai sur le seuil. Que vais-je lui dire ? Je ne sais toujours pas votre nom. Dois-je demander Mr. Smith ?

Jeudi matin

Mon très cher Monsieur-Jervie-Papa-Longues-Jambes-Pendleton-Smith,

Avez-vous bien dormi la nuit dernière ? Moi, je n'ai pas fermé l'œil. J'étais trop ébahie, bouleversée, émerveillée et heureuse. Je ne crois pas que je pourrais dormir à nouveau, ni même manger. Mais j'espère que vous-même avez bien dormi ; vous le devez, n'est-ce pas ? parce que ainsi vous vous rétablirez plus vite et pourrez venir me voir.

Mon ami, je ne peux pas supporter de savoir à quel point vous avez été malade, alors que j'ignorais tout. Quand le docteur m'a raccompagnée à la voiture hier après-midi, il m'a dit que pendant trois jours, on avait craint pour votre vie. Oh, très cher, si cela était arrivé, le monde se serait éteint pour moi. Je sais que plus tard, un jour très lointain, l'un de nous devra prendre congé de l'autre ; mais alors, nous aurons eu toute une vie de bonheur et les souvenirs nous aideront à vivre.

Je voulais vous consoler et c'est moi que je console. Car en dépit du fait que je me sens plus heureuse que je ne l'ai jamais été, je suis aussi plus grave. La peur qu'il ne vous arrive quelque chose met comme une ombre sur mon cœur. Auparavant, j'étais souvent frivole, légère et insouciante parce que je n'avais rien de précieux à perdre. Mais à présent, j'aurai une Grande Inquiétude pour le reste de ma vie. Chaque fois que vous serez loin de moi, je penserai à toutes les automobiles qui pourraient vous renverser, à tous les panneaux qui pourraient vous tomber sur la tête ou encore aux terribles microbes que vous pourriez avaler. Ma paix s'est envolée pour toujours – mais qu'importe, je n'ai jamais tellement apprécié la paix en tant que telle.

Guérissez vite, je vous en prie, vite, vite, vite. J'ai besoin de vous sentir tout près de moi, de vous toucher pour m'assurer que vous êtes bien réel.

Nous n'avons eu ensemble qu'une toute petite demi-heure et j'ai peur d'avoir rêvé ! Si j'étais ne serait-ce qu'un membre éloigné de votre famille (un cousin de la quatrième branche par exemple) je pourrais vous rendre visite chaque jour, vous faire la lecture, remonter vos oreillers, lisser ces deux petites rides sur votre front et faire se relever les coins de votre bouche en un sourire plein de gaieté. Mais vous êtes gai à nouveau, n'est-ce pas ? En tout cas, vous l'étiez hier quand je vous ai quitté. Le docteur a dit que je devais être une bonne infirmière car vous aviez rajeuni de dix ans. J'espère que le fait d'être amoureuse ne donne pas toujours ce résultat. M'aimeriez-vous encore, mon ami, si je n'avais plus que onze ans ?

La journée d'hier a été pour moi le plus beau jour de ma vie. Je crois que même si je vis jusqu'à quatre-vingt-dix-neuf ans, j'en conserverai le souvenir dans le moindre détail. La fille qui a quitté Lock Willow à l'aube n'était pas du tout la même que celle qui est rentrée le soir. Mrs. Semple m'a appelée à 4 heures et demie. Je me suis sentie sur-le-champ parfaitement réveillée et ma première pensée a été « Je vais voir Papa-Longues-Jambes » ! J'ai pris mon petit déjeuner à la chandelle dans la cuisine, puis j'ai parcouru en carriole les quelques kilomètres qui nous séparent de la gare, à travers les glorieuses couleurs de l'automne. Entre-temps le soleil s'était levé sur les érables gorgés de pluie, les cornouillers flamboyants, les murs de vieilles pierres et les champs de maïs couverts de givre. L'air était vif, clair, plein de promesses. *Je savais* que quelque chose allait se passer. Tout au long du trajet, j'entendais chanter les rames du train : « Nous allons voir Papa-Longues-Jambes. » Cela me rassurait. J'ai une telle confiance dans votre pouvoir, Papa, à tout arranger. Je savais que – quelque part – un autre homme, encore plus cher à mon cœur, désirait me voir et j'avais le sentiment qu'avant la fin du voyage, je le recontrerais aussi. Et vous voyez !

Quand j'arrivai à la demeure de Madison Avenue, elle m'a semblée si imposante, si sombre et si sévère que je n'ai pas osé y sonner ; j'ai fait le tour du pâté de maisons pour rassembler mon courage. Mais je n'avais pas besoin d'avoir peur : votre majordome est un vieil homme prévenant et paternel, qui m'a tout de suite mise à l'aise. « C'est vous, Miss Abbott ? » m'a-t-il demandé. J'ai répondu : « Oui, c'est bien moi. » Ainsi je n'ai pas eu besoin de prononcer votre nom. Il m'a fait attendre dans le salon. C'était une pièce très sombre, d'une sévère magnificence. Je me suis assise au bord d'un grand fauteuil capitonné en me répétant : « Je vais voir Papa-Longues-Jambes ! Je vais voir Papa-Longues-Jambes ! »

Alors le vieil homme est revenu et m'a demandé de le suivre jusqu'à la bibliothèque. J'étais dans un tel état d'excitation que mes jambes refusaient presque de me porter. En arrivant devant la porte, il s'est tourné vers moi en murmurant : « Il a été très malade, miss. C'est le premier jour où on lui permet de s'asseoir. Vous ne resterez pas trop longtemps ? » J'ai senti à sa façon de parler combien il vous aimait, et cela m'a touchée.

Puis il a frappé en annonçant : « Miss Abbott », et je suis entrée ; la porte s'est refermée derrière moi.

Comparée au vestibule brillamment éclairé que je venais de quitter, la pièce me parut plongée dans la pénombre et, pendant un moment, je ne pus rien distinguer. Puis, j'aperçus un grand fauteuil devant le feu, une table reluisante où le thé était servi et, à côté, une chaise, plus petite. Je vis alors qu'un homme occupait le fauteuil, calé dans des oreillers avec une couverture sur les genoux. Mais avant que j'aie pu l'en empêcher, il s'était levé – d'un pas chancelant – et se retenant au dossier du fauteuil, il leva son visage vers moi et me regarda. Et alors – alors – je vis que c'était vous ! Mais même à cet instant, je ne compris pas. Je pensai que Papa vous avait demandé de venir pour me faire une surprise.

Alors vous avez éclaté de rire et vous m'avez tendu la main en disant : « Chère petite Judy, ne pouviez-vous pas deviner que j'étais Papa-Longues-Jambes ? »

En une seconde, tout le passé me revint en mémoire. Oh ! Comme j'avais été sotte ! Mille petits riens auraient dû m'avertir si seulement j'avais eu un peu de bon sens. Je n'aurais pas fait un bon détective, n'est-ce pas ? Papa ? – Jervie ? Comment dois-je vous appeler ? Dire seulement Jervie me semble irrévérencieux et je ne veux en aucun cas vous manquer de respect !

Nous avons passé ensemble une merveilleuse demi-heure avant que votre docteur n'arrive et que je doive vous quitter. J'étais si troublée quand j'arrivai à la gare que je me suis presque trompée de train. J'ai failli partir pour Saint Louis. Vous étiez troublé également : vous avez oublié de m'offrir le thé. Mais nous étions tous deux très, très heureux, n'est-ce pas ? Je suis rentrée avec la carriole à Lock Willow. La nuit était tombée. Oh ! comme les étoiles brillaient ! Et ce matin, j'ai emmené Colin revoir tous les endroits où nous nous sommes promenés ensemble et je me rappelais vos gestes d'alors et les propos que vous me teniez. Aujourd'hui, les bois ont revêtu une teinte cuivrée et l'air est saturé de givre. C'est un temps idéal pour l'escalade. J'aimerais que vous soyez là. Nous pourrions escalader les collines ensemble. Vous me manquez terriblement, cher Jervie, mais c'est une séparation joyeuse car nous serons bientôt réunis. Nous sommes l'un à l'autre maintenant, et pour toujours, entièrement et sans faux-semblant. N'est-il pas étrange pour ma part que j'appartienne enfin à quelqu'un ? C'est un sentiment d'une grande douceur.

Et je ne vous laisserai jamais plus être malheureux un seul instant.

A vous, maintenant et toujours,

Judy

P.-S. Ceci est ma première lettre l'amour. Elle est assez réussie, vous ne trouvez pas ?

Folio Junior
Première collection de poche pour la jeunesse : plus de 500 titres disponibles

Alcott, Louisa May
Les quatre filles du docteur March

Andersen, Hans Christian
La reine des neiges
La vierge des glaciers
La petite sirène
et autres contes

Anonymes
Ali Baba et les quarante voleurs
Aventures du baron de Münchhausen
Histoire d'Aladdin ou la lampe merveilleuse
Histoire de Sindbad le marin
Histoire du petit bossu
Le roman de Renart / I
Le roman de Renart / II

Arrou-Vignod, Jean-Philippe
Le professeur a disparu
Enquête au collège

Aymé, Marcel
Les bottes de sept lieues
Les contes bleus du chat perché
Les contes rouges du chat perché

Barrie, James Matthew
Peter Pan

Baum, F.
Le magicien d'Oz

Beecher Stowe, Harriet
La case de l'oncle Tom

Bhoothalingam Mathuram
Histoire de Rama

Boileau-Narcejac
Sans Atout contre l'homme à la dague
Sans Atout et le cheval fantôme
Les pistolets de Sans Atout

Borodine, Leonide
L'année du miracle et de la tristesse

Bosco, Henri
L'âne Culotte
L'enfant et la rivière
Le renard dans l'île

Bradbury, Ray
Un coup de tonnerre
La petite princesse
Le jardin secret

Buisson, Virginie
L'Algérie ou la mort des autres

Burnett, Frances H.
Le petit lord Fauntleroy

Buzzati, Dino
La fameuse invasion de
la Sicile par les ours
Le chien qui a vu Dieu

Cameron, Ian
Le cimetière des cachalots

Campbell, Reginald
Sa Majesté le tigre

Camus, William
Les oiseaux de feu
et autres contes peaux-rouges

Camus, William /
Grenier, Christian
Cheyennes 6112
Une squaw dans les étoiles

Capote, Truman
L'invité d'un jour

Carré, Gérard
La troisième guerre
mondiale n'aura pas lieu

Caroll, Lewis
Alice au pays des merveilles
De l'autre côté du miroir

Causse, Rolande
Rouge Braise

Cendrars, Blaise
Petits contes nègres pour les
enfants des blancs

Chaillou, Michel
La vindicte du sourd

Chrétien de Troyes
Lancelot le chevalier
à la charrette
Perceval
ou le roman du Graal
Yvain le chevalier au lion

Cole, Gerald
La petite amie de Grégory

Collodi, Carlo
Pinocchio

Colum, Padraïc
Le fils du roi d'Irlande

Cooper, James Fenimore
Le dernier des Mohicans

Coué, Jean
Kopoli, le renne guide
L'homme de la rivière Kwaï

Crompton, Richmal
William au musée de cire
William mène l'enquête
William marchand d'esclaves
William le Hors-la-loi
William le conquérant
William et le chasseur
de fauves
La ménagerie de William
William va au cinéma
William le vengeur
William fait du théâtre
William agent secret
Le Noël de William

Conan Doyle, sir Arthur
Le chien des Baskerville
Le monde perdu

Dahl, Roald
Charlie et la chocolaterie
Charlie et le grand ascenseur
de verre
Escadrille 80
James et la grosse pêche
L'enfant qui parlait aux
animaux *et autres nouvelles*
La potion magique de
Georges Bouillon
Le Bon Gros Géant
Le cygne *suivi de*
La merveilleuse histoire
de Henry Sugar
Les deux gredins
Matilda
Moi, Boy
Sacrées sorcières

Daudet, Alphonse
La dernière classe
et autres contes du lundi
Le petit Chose
Lettres de mon moulin
Tartarin de Tarascon

Defoe, Daniel
Robinson Crusoé

Desai, Anita
Un village près de la mer
L'enfant qui disait n'importe quoi
L'île de la Croix d'Or

Dhôtel, André
Le pays où l'on n'arrive jamais

Dick, Philip K.
Nick et le Glimmung

Durrell, Lawrence
Les Aigles Blancs de Serbie

Falkner, J. Meade
Moonfleet

Fallet, René
Bulle ou la voix de l'océan

Faulkner, William
L'arbre aux souhaits

Fon Eisen, Anthony
Le prince d'Omeyya

Forsyth, Frederick
Le berger

Frémion, Yves
Tongre

Frère, Maud
Vacances secrètes

Gamarra, Pierre
Six colonnes à la une

Garfield, Leon
Le fantôme de l'apothicaire
La Rose de Décembre

Garfield, Leon / Blishen, Edward
La mythologie grecque

Garrel, Nadine
Au pays du grand condor
Les princes de l'exil

Gautier, Théophile
Le roman de la momie

Gilbreth, Ernestine et Frank
Treize à la douzaine

Giono, Aline
Mon père, contes des jours ordinaires

Golding, William
Sa Majesté des Mouches

Grimaud, Michel
Le tyran d'Axilane

Grimm
Hans-mon-hérisson
et treize autres contes
Les trois plumes
et douze autres contes

Gripari, Pierre
La sorcière de la rue Mouffetard
et autres contes de la rue Broca
Le gentil petit diable
et autres contes de la rue Broca

Halévy, Dominique
L'enfant et l'étoile

Hatano, Isoko et Ichiro
L'enfant d'Hiroshima

Hemingway, Ernest
Le vieil homme et la mer

Hickok, Lorena A.
L'histoire d'Helen Keller

Hines, Barry
Kes

Hope, Anthony
Le prisonnier de Zenda

Howker, Janni
Le blaireau sur la péniche

Jackson / Livingstone
Le Sorcier de la Montagne de Feu

Jacob, Max
Histoire du roi Kaboul Ier et du marmiton Gauwain

Jayez, Renée
Guemla des collines

Jerome, Jerome K.
Trois hommes dans un bateau

Kästner, Erich
La conférence des animaux
Les gens de Schilda

Keiser, Bruno
Le roi d'échecs

Kemal, Yachar
Le roi des éléphants et Barbe-Rouge la fourmi boiteuse

Kessel, Joseph
Le lion
Le petit âne blanc
Une balle perdue

King-Smith, Dick
Le cochon devenu berger
Harry est fou
Magnus super souris

Kipling, Rudyard
Capitaines courageux
Histoires comme ça
Le livre de la Jungle
Le second livre de la Jungle
Stalky et Cie

Kis, Danilo
Chagrins précoces

Korczak, Janusz
Le roi Mathias 1er/I
Le roi Mathias 1er/II
Le roi Mathias sur un île déserte

La Fontaine, Jean de
Le loup et l'agneau *et autres fables*

Lansing, Alfred
Les rescapés de l'Endurance

Laureillard, Rémi
Fred le nain et Maho le géant
Une fée sans baguette
Les terribles Zerlus

Le Clézio, J.M.G.
Celui qui n'avait jamais vu la mer *suivi de* La montagne du dieu vivant
La grande vie *suivi de* Peuple du ciel
Lullaby
Villa Aurore *suivi de* Orlamonde

Léourier, Christian
Le chemin de Rungis
Jarvis, le messager de la grande île

Leroux, Gaston
Le mystère de la chambre jaune

Le Roy, Eugène
Jacquou le croquant

Letessier, Dorothée
Jean-Baptiste ou l'éducation vagabonde

Lluch, Victor Angel
Les peintures de sable

London, Jack
Croc-Blanc
L'amour de la vie
suivi de Négore le lâche
L'appel de la forêt
Le fils du loup
Le loup des mers

Mac Orlan, Pierre
L'Ancre de miséricorde
Les clients du Bon Chien Jaune

Malot, Hector
En famille / I
En famille / II
Sans famille / I
Sans famille / II

Martin, Didier
Frédéric + Frédéric = Frédéric

Massepain, André
L'île aux fossiles vivants

Maupassant, Guy de
Deux amis *et autres contes*

Maurois, André
Patapoufs et Filifers

Mebs, Gudrun
L'enfant du dimanche
Je sais où est la clef

Ménard, Jean-François
Le voleur de chapeaux et autres contes pour la semaine

Mérimée, Prosper
Colomba
Carmen *suivi de*
La Vénus d'Ille

Merrick, Hélène
Les larmes de glace

Mirman, Louis
Grite parmi les loups
Le silex noir
Youg
A la recherche de Tiang

Modiano, Patrick / Sempé, Jean-Jacques
Catherine Certitude

Morgenstern, Susie
Premier amour, dernier amour

Mörike, Eduard
Un voyage de Mozart à Prague

Morpurgo, Michael
Cheval de guerre
Le jour des baleines

Noguès, Jean-Côme
Le vœu du paon

O'Hara, Mary
Mon amie Flicka
Le fils de Flicka
L'herbe verte du Wyoming
Le ranch de Flicka

Ollivier, Jean
Histoires du gaillard d'avant

Pearce, Philippa
Tom et le jardin de minuit

Pelgrom, Els
L'étrange voyage de Sophie

Pelot, Pierre
Sierra brûlante

Pergaud, Louis
La guerre des boutons

Perrault, Charles
Contes de ma mère l'Oye

Pestum, Jo
Le pirate sur le toit

Peyramaure, Michel
La vallée des mammouths

Poe, Edgar
Double assassinat dans la rue Morgue *suivi de* La lettre volée
Le chat noir *et autres nouvelles*
Le scarabée d'or

Prévert, Jacques
Lettres des îles Baladar

Randier, Jean
Un mousse au cap Horn

Renard, Jules
Poil de Carotte

Rostand, Edmond
Cyrano de Bergerac

Roy, Claude
Désiré Bienvenu
Enfantasques
La maison qui s'envole
Le chat qui parlait malgré lui

Ruge, Simon et Desi
La chatte au chapeau

Saint-Exupéry, Antoine de
Le petit prince

Sand, George
Histoire du véritable Gribouille

Saussure, Éric de
Les fumées de Manhattan
Les oiseaux d'Irlenuit
La grande bataille de Central Park

Scott, Walter
Ivanhoé / I
Ivanhoé / II

Ségur, comtesse de
François le bossu
Jean qui grogne et Jean qui rit
L'auberge de l'Ange Gardien
Le général Dourakine
Le mauvais génie
Les bons enfants
Les deux nigauds
Les malheurs de Sophie
Les petites filles modèles
Les vacances
Mémoires d'un âne
Nouveaux contes de fées
Un bon petit diable

Seidler, Tor
Le rat Montagu

Sempé, Jean-Jacques
Marcellin Caillou

Sempé / Goscinny
Joachim a des ennuis
Le petit Nicolas et les copains
Les récrés du petit Nicolas
Les vacances du petit Nicolas

Séverin, Jean
Le soleil d'Olympie

Sewell, Anna
Black Beauty

Shahar, David
Riki, un enfant à Jérusalem

Shelley, Mary
Frankenstein

Simon, Njami
Les clandestins
Les enfants de la cité

Smith, Dodie
Les cent un dalmatiens

Solet, Bertrand
Les révoltés de Saint-Domingue

Stahl, P.J.
Les aventures de Tom Pouce

Steig, William
Dominic
L'île d'Abel
Le vrai voleur

Steinbeck, John
Le poney rouge

Stevenson, Robert Louis
L'étrange cas du Dr Jekyll et de M. Hyde
L'île au trésor
Le diable dans la bouteille

Sue, Eugène
Kernok le pirate

Surget, Alain
Les flèches de silence

Swift, Jonathan
Premier voyage de Gulliver - Voyage à Lilliput
Deuxième voyage de Gulliver - Voyage à Brobdingnag

Thompson, Kay
Éloïse

Tolkien, J.R.R.
Le Seigneur des Anneaux Livres I à VI

Tourgueniev, Ivan
Premier amour

Tournier, Michel
L'aire du muguet
Les contes du médianoche
Les Rois Mages
Sept contes
Vendredi ou la vie sauvage

Twain, Mark
La célèbre grenouille sauteuse *et autres contes*
Huckleberry Finn
Les aventures de Tom Sawyer
Une aventure de Tom Sawyer détective

Vacher, André
Noulouk

Vaxelaire, Daniel
Chasseurs de Noirs

Verne, Jules
Autour de la lune
Aventures de trois Russes et de trois Anglais dans l'Afrique Australe
Cinq semaines en ballon
De la terre à la lune
La journée d'un journaliste américain en 2889 *suivi de* L'éternel Adam
Les Indes-Noires
Un hivernage dans les glaces
Le tour du monde en quatre-vingts jours
Les révoltés de la « Bounty » *suivi de* Un drame au Mexique
Maître Zacharius *suivi de* Un drame dans les airs
Michel Strogoff / I
Michel Strogoff / II
Une fantaisie du docteur Ox
Vingt mille lieues sous les mers / I
Vingt mille lieues sous les mers / II
Voyage au centre de la terre

Véry, Pierre
Les disparus de Saint-Agil
L'assassinat du père Noël

Villiers de l'Isle-Adam
Treize contes maléfiques

Von Chamisso, Adalbert
La merveilleuse histoire de Peter Schlemihl

Webster, Jean
Papa-Longues-Jambes

Wells, Herbert George
La guerre des mondes
La machine à explorer le temps
L'île du docteur Moreau

Wilde, Oscar
L'anniversaire de l'Infante *suivi de* L'enfant de l'étoile
Le prince heureux, le géant égoïste *et autres contes*

Williams, Charles
Fantasia chez les ploucs

Wolgensinger, Jacques
L'épopée de la Croisière Jaune

Wul, Stefan
Niourk

Zimnik, Reiner
Jonas le pêcheur
Les tambours

Achevé d'imprimer
en décembre 1996
sur les presses de
l'Imprimerie Hérissey
à Évreux (Eure)

Loi n° 49-956 du 16 juillet 1949
sur les publications destinées à la jeunesse
N° d'imprimeur : 75162
Dépôt légal : décembre 1996
1er dépôt légal dans la même collection : avril 1995
ISBN 2-07-056885-7
Imprimé en France

80336